CW00455310

# L'immigré ?
## Mes années de PhD
### Tome I

# Steve Tueno

# L'immigré ?
## Mes années de PhD
### Tome I
*Roman*

LE LYS BLEU
ÉDITIONS

# Prologue

« Dommage Rahim ! Tu as manqué de justesse la mention Excellente à la suite de ta soutenance ! Tous les membres du jury, y compris moi, étaient d'avis pour te la donner, mais ton président de Jury a fait valoir son droit de veto durant toute la délibération. Face à toutes nos louanges, il a opposé un seul contre-argument : apparemment, il n'a pas apprécié l'originalité de la structuration de ton mémoire ! Cela ne collait pas avec son canevas. »

« Dis-moi, comment as-tu réussi à résorber les écarts de chiffres et à conclure la réconciliation avec notre partenaire bancaire ? »

Rahim est un jeune ingénieur en informatique récemment recruté dans une prestigieuse entreprise de télécommunication de la ville de Douala au Cameroun. Six mois de stage en tant qu'ingénieur au sein du département d'intelligence d'affaires lui ont permis de se démarquer et de s'attirer la sympathie de son désormais collègue Louis, celui-là même qui s'est chargé de son encadrement sur toute la durée de son stage.

Toutes ces années passées au sein du département d'intelligence d'affaires n'ont rien enlevé à la bonne humeur et à la spontanéité de Louis. Certes, il ne s'était pas imaginé passer autant de temps à ce poste, mais cela ne l'a jamais empêché, chaque jour, de se lever du bon pied et fier des décisions stratégiques qu'il permet régulièrement à l'entreprise de prendre : état des parts de marché pour le marketing, activités frauduleuses pour le recouvrement, etc. Quel plaisir chaque semaine d'être celui qui annonce au codir la valeur du chiffre d'affaires ainsi que le positionnement de l'entreprise par rapport à la concurrence !

Il en a vu passer des stagiaires, se dit-il, un bon nombre supervisé par ses soins, mais jamais auparavant un stagiaire n'avait autant surpassé ses attentes. C'est sans hésiter qu'il a approuvé la création d'un poste pour Rahim : « Vous ne pouvez vous permettre de perdre une telle ressource boss ! Avec sa rigueur, sa passion et sa dextérité, il sera une flèche de poids dans votre carquois », avait-il affirmé à son responsable lors du weekly qui précédait son voyage pour Yaoundé. Il lui fallait absolument l'accord formel du boss avant de se rendre à la soutenance de Rahim.

« C'est dommage en effet ! J'étais pourtant convaincu d'avoir tout donné », soupira Rahim. Puis, comme se réveillant d'un cauchemar, il s'exclama :

« J'ai identifié les données qui alimentaient les écarts et qui empêchaient la clôture de la réconciliation en passant minutieusement en revue toutes les procédures de consolidation des écritures comptables avec le département banque mobile. De nouveaux types de transactions n'étaient pas comptabilisés car les procédures de consolidation considéraient une liste incomplète de types de transactions. J'ai adapté la procédure de médiation afin d'exploiter non plus une liste de termes clés, mais une liste d'expressions régulières, et voilà !

J'en profite pour t'annoncer que j'ai décidé de poursuivre une thèse de doctorat, dès l'année prochaine, en cotutelle entre une université en France et une autre au Canada. Je vais travailler à la mise en place d'une méthode d'ingénierie qui rendra obsolète la programmation telle qu'on la connaît aujourd'hui. Désormais, il va suffire de décrire la spécification d'un système et son programme sera automatiquement construit, suivant un processus automatique qui garantit la correction de ce dernier. »

# Le travail est ton seul rempart

Issue d'une famille modeste de la ville de Yaoundé au Cameroun, Rahim sait qu'il ne peut compter que sur lui et surtout sur un travail acharné pour se construire un devenir. En revanche, tel n'a pas toujours été le cas. En effet, jusqu'à l'âge de 12 ans, Rahim était convaincu d'être un génie à qui il suffisait de claquer des doigts pour obtenir ce qu'il désirait. Comment ne pas le penser lorsqu'on est le seul garçon d'une famille de cinq enfants, chouchouté par son papa et plus encore par sa maman ? Obtenir le Certificat d'Études Primaires (CEP) avait certes été un parcours du combattant, mais là il était collégien et la liberté était acquise. Draguer les filles, jouer aux jeux vidéo, sécher les cours, tout était possible sans que les parents soient aux courants et s'en mêlent. Au primaire, il suffisait d'avoir 15 minutes de retard pour que père et mère soient convoqués par le directeur ; mais là, il était un parmi un demi-millier d'élèves. Aucun professeur, aucun surveillant général n'allait prendre le temps de surveiller ses faits et gestes, et il n'en demandait pas moins.

Comment donc expliquer cette situation ? Ce matin, pour la nième fois, père et mère se sont disputés à son sujet.

« Non, mon fils ne retournera pas au lycée ! » hurlait sa maman en brandissant ses frêles mains vers le ciel. « Même s'il faut que tu ailles supplier et t'agenouiller afin qu'il ait une place au collège qui vient d'ouvrir ses portes à quelques pas de la maison, fais-le ! » reprit-elle d'un ton plus calme et suppliant en fusillant son mari du regard.

« Ce n'est pas le lycée le problème ! » rétorqua son père de son ton calme et posé. « Ses sœurs y sont depuis plus longtemps que lui et elles s'en sortent très bien. Ton fils est un cancre, voilà tout ! ».

« Non ! C'est un garçon et il a ton sang. Il est plus agité et dispersé. Il a besoin de contrôle et de rigueur. Ne constates-tu pas cette disparité entre ses performances actuelles et celles qu'il démontrait avant le lycée ? Montre-moi que tu es un homme et trouve-lui une place au collège. ».

Ces trois heures au collège en compagnie de son père lui avaient paru une éternité et avaient changé du tout au tout sa vision de la vie. Assis sur ce banc à l'entrée du bureau du vice-principal du collège, il n'avait jamais eu autant honte ; honte d'avoir poussé son père, cet homme si fier et si fort, à s'humilier et à supplier.

« Je suis professeur des lycées et collèges et je mets mon honneur en jeu. Mon fils excellera et ne vous décevra pas. Je m'engage à travailler avec lui tout le temps, à lui trouver un répétiteur s'il arrive que je sois indisponible ainsi que pour les sujets que je ne maîtrise pas et à veiller à ce qu'il consacre ses nuits et ses week-ends à l'étude. Je vous supplie de ne pas vous fier à son dossier ; il surpassera toutes vos attentes ! »

Rahim avait travaillé d'arrache-pied depuis ce jour-là ; alternant école, lecture, exercice et sommeil de façon à ce que jamais la promesse de son papa ne soit rompue et que son honneur ne soit sali. Aujourd'hui, son papa s'en est allé, arraché à la vie par un terrible cancer, mais cette promesse est restée gravée au fond de son cœur, lui rappelant sans cesse le défi qu'il se doit de relever.

## Si tu vas faire tes histoires là en occident, ne compte pas sur moi !

« Plus qu'un mois avant mon départ pour la France », murmura Rahim, se disant qu'il était peut-être temps d'aller annoncer la nouvelle à sa famille élargie. Ses oncles et tantes n'avaient certes jamais vraiment occupé une place de choix dans sa vie, malgré les réunions de famille trimestrielles fort ennuyeuses où sa maman l'emmenait de force lorsqu'il était au collège, mais il ne pouvait se permettre d'aller au pays des blancs, et aussi longtemps qui plus est, sans le leur faire savoir.

Il s'était déjà tourné vers eux plusieurs mois auparavant, lorsqu'il avait reçu cette lettre d'une Université Française lui confirmant son admission pour une année de Master. L'admission n'étant pas accompagnée d'une bourse, Rahim espérait une mobilisation générale afin de réunir le tribut nécessaire à ce voyage plein de promesses. Immense avait été son désarroi lorsqu'il s'était vu opposer une fin de non-recevoir de ses tatas et tontons chéris.

« Tu es déjà ingénieur ! Tu as les qualifications nécessaires pour être un cadre dans ce pays. Pourquoi tiens-tu à nous ruiner pour aller te balader au pays des blancs et faire encore plus de choses qu'aucun de nous ne comprend ? » s'était-il laissé dire.

« Il veut aller manger son argent seul là-bas, loin de sa famille ! » avait rétorqué quelqu'un d'autre.

Cette fois-ci, il n'était plus question de leur demander quoi que ce soit. Le projet de recherche auquel était rattachée sa thèse de doctorat avait prévu du budget pour le rétribuer mensuellement pour ses activités de recherche. La compensation, s'était-il laissé dire, était suffisante pour couvrir ses frais de scolarité et lui permettre de vivre à l'abri du besoin pendant toute la durée du contrat doctoral. Petit bémol : il devait réunir les frais pour couvrir au minimum la demande de visa, le billet d'avion jusqu'à Paris et un mois de séjour (il ne pouvait compter sur sa compensation qu'à l'issue de son premier mois de travail).

« Flûte ! » soupira-t-il, « le premier mois-là va être hot ! » Depuis le début de son parcours professionnel en effet, il n'avait épargné que le montant nécessaire soit pour la demande de visa et le billet d'avion, soit pour tenir en France jusqu'à son premier salaire ; pas les deux.

« Rien qu'un prêt ! », murmura-t-il en hochant la tête, « j'espère que quelqu'un me fera ne serait-ce que la faveur d'un prêt cette fois-ci ».

Dans la plupart des familles, la méthode utilisée pour désigner le membre qui accueillera la prochaine réunion est celle dite de rotation : de l'aîné au cadet des enfants devenus parents, chacun, son tour venu, reçoit toute la famille chez lui et s'occupe de tous les préparatifs. Chez d'autres encore, c'est le chef de famille qui reçoit à chaque rassemblement et toute la famille contribue aux coûts des festins. La famille de Rahim était sans doute la seule, il en était convaincu, qui exploitait l'aléa et uniquement l'aléa pour désigner le maître de cérémonie. À la fin de chaque réunion, le nom de chaque famille, à l'exception de celle chez qui l'on se trouve, est inscrit sur un bout de papier et glissé dans une urne. L'aîné des enfants de la famille hôte agite alors cette dernière, tire un bout de papier, et, par ce mécanisme, révèle le nom de la prochaine famille chez qui se réuniront les convives. On se demande dès lors pourquoi de vives querelles se déclenchent toujours à l'issue de ce tirage au sort. Il se laisse dire que parfois certaines personnes se débrouillent pour faire apparaître plusieurs fois les noms de certaines autres, parfois au détriment des leurs. Lorsqu'une seule personne est désignée pour rédiger tous les noms, c'est celui-ci qui récrimine quant à la corvée dont on le charge. Lorsqu'on décide de conserver les noms pour les prochaines séances, quelques bouts de papier finissent toujours par disparaître. Rahim avait essayé à de nombreuses reprises de promouvoir l'utilisation d'une application informatique pour la mise en œuvre du processus, mais cela avait débouché sur une raillerie générale. Les smartphones n'étaient clairement pas l'apanage de tous ! encore moins les ordinateurs.

« C'est sa mère ! Elle nous a caché sa fortune et maintenant elle l'utilise pour envoyer son fils en Europe. À cette même réunion, il y a quelques mois, il nous faisait savoir qu'il avait besoin que nous financions entièrement son voyage, sa scolarité et son séjour en France. Maintenant, il n'a plus besoin que de quoi demander le visa et s'offrir le billet d'avion. »

« Depuis plusieurs années, sa mère joue à la veuve éplorée, mais elle a réussi à assurer une place en Occident à son fils. »

« C'est certainement l'héritage de son mari qu'elle a mobilisé pour couvrir la scolarité et le séjour de Rahim ! »

Rahim n'en revenait pas. Aucun de ses interlocuteurs, oncles et tantes, n'avait jamais entendu parler d'un contrat doctoral. Comment leur expliquer qu'en tant que doctorant contractuel, il recevrait chaque mois une rémunération en contrepartie de ses travaux de recherche, rémunération définie de façon à couvrir, de manière très juste, son séjour et sa scolarité ?

Et au grand frère de sa maman de reprendre en le fusillant du regard : « Si tu avais eu une bourse, tout serait financé ! As-tu oublié ce qui s'est passé lorsque ta sœur est allée en France faire son Master ? ». Puis, comme arraché à ses rêves par une réalité sauvage, il affirma sur un ton accusateur : « Non, ne compte pas sur moi ! N'as-tu pas pitié de tes petits frères ? ».

Rahim se souvint de sa grande sœur. Elle, se dit-il, avait eu une bourse, une vraie ! Du billet d'avion jusqu'à Paris jusqu'au billet d'avion retour deux ans après, en passant par ses deux années de séjour à Lille, tout avait été pris en charge par Erasmus. Même la demande de visa n'avait été qu'une balade de santé : tenant la main d'un agent de Campus France Cameroun, elle avait arpenté les couloirs du consulat de France pour le recueil de ses données biométriques, évitant ainsi la prise de rendez-vous à 5 000 FCFA et la longue file d'attente. Elle était retournée quelques jours plus tard au consulat pour récupérer son passeport dans lequel était apposé le précieux sésame qui lui garantissait un séjour en France sur toute la durée de son Master. Quant à lui, non seulement il n'échappera pas à la prise de rendez-vous et à la file d'attente, mais il court le risque de se voir refuser le visa. Bien plus, si le sésame lui est accordé, il ne couvrira que les trois premiers mois de séjour, une autre procédure hautement plus complexe étant nécessaire, une fois arrivé en France, pour la délivrance d'un document connu sous le nom étrange de titre de séjour et dont il ignorait encore tous les contours. Toutefois, ça, il ne l'ignorait pas, comme pour la demande de visa, toutes les dépenses seraient à sa charge.

Ses petits frères et sœurs, cousins et cousines, nièces et neveux, bien sûr qu'il y pensait. C'est justement pour ça qu'il avait parlé de prêt, crédit qu'il entendait rembourser toute sa vie en mettant tout ce que la vie pourrait lui offrir de bien, en juste rétribution de ses efforts, au service de leur plein épanouissement, à chacune comme à chacun. Bien sûr que c'était également pour eux qu'il souhaitait faire une thèse de doctorat, qui plus est en Occident.

Faire une thèse de doctorat c'est avant tout s'initier aux arts de la recherche. Ce n'est un secret pour personne ; ce qui est exploité en Afrique est pensé et conçu en Occident. Quel que soit le rang social d'un cadre ingénieur, qui plus est au Cameroun, il ne fait que suivre les instructions, exploiter les outils et méthodes, défendre les principes et tenir le rôle qui lui est attribué par la recherche, notamment occidentale. Ça, Rahim en était convaincu. La recherche en Afrique en général et au Cameroun en particulier n'en est qu'à ses balbutiements. La recherche en Occident est à l'avant-garde de tout ce qui s'y fait. En s'initiant aux méandres de la recherche occidentale et en s'y faisant un nom, Rahim était convaincu d'être plus utile à la jeune génération de son pays qu'un cadre-exécutant comme il en sort des milliers chaque année des centaines d'écoles d'ingénieur que compte la sous-région.

(i) Faire prendre conscience que la recherche ne se fait pas ou peu en Afrique pas parce qu'il manque intellect ou talent, mais du fait de l'absence d'opportunités ;

(ii) Acquérir un savoir et un savoir-faire en recherche qu'il pourrait valoriser et transmettre sur le continent Africain ;

(iii) Contribuer à l'avancée de l'état de l'art et devenir un pionnier, qui débrousse les sentiers battus et définit le quoi et le comment de ce qui se fait dans son domaine ;

(iv) Montrer l'exemple et ouvrir la voie à plus de doctorats africano-occidentaux.

Telles étaient certaines des principales raisons qui impulsaient Rahim dans son aventure scientifique, mais qu'il ne pouvait expliquer à des gens qui ne percevaient pas ou refusaient de percevoir la différence entre ingénierie et recherche.

# Bon voyage, beaucoup de courage, mais ne m'oublies pas !

Oui, Rahim pouvait le dire sans l'ombre d'un doute : la seule personne qui l'avait vraiment apporté un soutien inconditionnel, en dehors de sa maman chérie, était Sarah.

Le soutien d'une mère ne peut être quantifié ni évalué tellement il est immense. Lorsque sa maman s'est rendu compte de l'implication dont il faisait montre pour son projet d'expatriation, comme elle aimait si bien le dire, elle n'a pas hésité à transférer toutes ses économies sur son compte bancaire, et même à contracter un prêt bancaire pour gonfler un peu le montant. Rahim s'est ainsi retrouvé en possession de 1 000 000 de FCFA, de quoi couvrir son billet d'avion, sa demande de visa et même constituer une réserve pour de potentielles situations exceptionnelles. Une telle mobilisation est peut-être quantifiable ; mais comment quantifier cette nuit blanche passée à l'écouter préparer son entretien final de recrutement où elle a essayé tant bien que mal, remarque après remarque et même à travers des questions astucieuses, de simuler un professeur d'informatique français et un autre, québécois, accent à l'appui, en quête de l'étudiant taillé sur mesure pour un projet de recherche ambitieux et révolutionnaire ? Comment quantifier cette nuit-là où elle l'a consolé après les railleries dont il a été victime au cours de la réunion familiale, le persuadant et le rappelant qu'il n'avait besoin de personne, si ce n'est avant tout de lui-même, pour rêver bien entendu, mais plus encore pour concrétiser ses rêves ?

« Je vais t'aider… » lui avait-elle dit, « … mais je sais que ce n'est qu'un crédit que tu es parfaitement en mesure d'honorer, mais que je t'interdis d'honorer ».

Enfin, comment quantifier l'expertise dont sa maman l'a gratifié lorsqu'il faisait ses derniers achats au Cameroun (épices indispensables, vêtements chauds et à petits prix, devises à faible tarif, etc.) ou les bons petits mets qu'elle a concocté et qu'elle a rangé soigneusement dans ses valises au moment de lui dire au revoir, pour, disait-elle, agrémenter son voyage, agrémenter son nouveau chez lui, et faire découvrir ses origines à ses nouveaux voisins ?

Un sage a dit un jour : « L'habit ne fait pas le moine. ». Après avoir connu Sarah, Rahim était

22

convaincu que ce sage voulait entre autres probablement dire qu'il ne fallait jamais estimer une femme à la qualité de ses parures et à l'esthétique de ses apparats. Certains diraient, à tort ou à raison, qu'il n'avait pas beaucoup d'expérience en la matière étant donné qu'il n'avait connu intimement aucune autre femme qu'elle, mais Rahim ne pouvait rien y faire : Sarah était son unique. Depuis qu'il avait fait sa connaissance deux années auparavant, ils étaient devenus inséparables. Ils se disaient tout, ils expérimentaient tout et il pouvait toujours compter sur son soutien. Et cette fois encore, ce soutien n'avait pas flanché, même s'il était accompagné de beaucoup de réserve et surtout de tristesse. « Tu m'oublieras j'en suis sûr ! », lui avait-elle murmuré.

Elle avait pleuré, pour la première fois, ce jour-là.

Il n'avait pas su quoi lui dire. Devait-il renoncer ? Elle l'avait accompagné jusqu'ici, depuis qu'elle l'avait choisi comme parrain au moment de débuter son cycle d'ingénieur. Après toutes les difficultés rencontrées, malgré la complexité du parcours et les embûches, elle avait tenu bon. Comment pouvait-elle faire autrement alors qu'il était à ses côtés, lui répétant sans cesse que s'il avait pu elle le pouvait aussi, lui donnant astuces et orientations ? Étant à un an de terminer ce cycle, elle ne pouvait se permettre de l'interrompre pour le suivre. Et même si elle le faisait, il avait juste de quoi se suffire ! Comment pouvait-elle s'ajouter à ce périple vers l'inconnu, sans stabilité ? Le suivre en France puis au Québec et ensuite en France pour par la suite réévaluer ? Laisser derrière elle père et mère, frère et sœur ? Lui le pouvait, mais elle non. « Pas si forte ! » se disait-elle.

Et lui, il essayait de la rassurer. Malgré sa tristesse, l'accompagnant dans tous ses périples en préparation de son voyage, elle l'entendait de temps à autre murmurer : « Un an, ce n'est pas si long ! Tu termines ton parcours d'ingénieur et tu me rejoins. ». Ça semblait si facile lorsqu'il le disait. Mais, héla, elle n'aspirait pas à ça. Elle ne s'assimilait pas à un colis qui se trimbale sur les routes du monde à la quête d'un savoir obscur et lointain.

Comment pouvait-elle se construire un devenir dans ce monde-là où tout va si vite ? Elle n'avait pas ce dossier scolaire étoffé à en faire frémir les savants et faire rager les médiocres. Elle n'avait pas sa ténacité, sa dextérité, sa sagacité. Déjà, en école d'ingénieur, elle, rasait les bords sombres de la réussite à force de nuits blanches et travail acharné tandis que lui, excellait avec toujours plus d'aisance. Il allait même jusqu'à cumuler ses responsabilités académiques avec des activités professionnelles suffisamment lucratives pour lui permettre de s'occuper lui-même de sa scolarité, subvenir à ses besoins et lui offrir ces délicieuses escapades dont elle raffolait.

Apercevant parfois son regard vide et perdu au lointain, il essayait à nouveau de la rassurer, avec davantage d'insistance, en chuchotant : « et même s'il faut attendre trois ans ! Qu'est-ce, face à toute une vie ? ».

L'aimait-elle encore ? Sans doute. L'aimerait-elle encore ? Probablement. Lui, l'aimerait-il encore ? Non ! Il l'oubliera. Elle s'était toujours sentie princesse à ses yeux. Mais comment pouvait-elle espérer le rester avec toutes celles qu'il côtoierait et elle, si loin ? Elle savait le charmer, lui faire perdre le bonheur du regard d'une autre, mais, avec ces distances qui les sépareraient, comment pouvait-elle garder la clé de son cœur ? Non ! Même ces technologies si savantes, qui rapprochent ceux qui s'éloignent et tendent à mettre invisible et visible au même pied d'égalité, ne pouvaient lui fournir un tel pouvoir et lui apporter une telle assurance.

Somme toute, elle s'était décidée. Elle ne gâcherait pas ses préparatifs, elle ne gâcherait pas son avenir, elle ne lui dirait plus jamais ce que son cœur lui murmurait à chaque frémissement : « C'est sûr, il t'oubliera. ».

# Il est temps de se préparer...

Comment, après avoir passé toute sa jeunesse sous les tropiques avec un climat tempéré où la température n'est jamais en dessous de 25 °C, peut-on se faire une idée de la différence entre un hiver à -5 °C et un hiver à -40 °C ? En dehors de vous donner des frissons, de telles températures chatouillent la réflexion et donnent le tournille rien qu'à leur simple évocation. Difficile de se concentrer très longtemps sur de si simples interrogations telles que : comment tenir le coup ou comment se protéger ? Le plus étrange c'est que tous les vendeurs de vêtements des marchés de la capitale ont un avis sur la question, bien que n'ayant, pour la plupart, jamais expérimenté de tels extrêmes. Chacun estime avoir l'attirail parfait pour se prémunir d'une pneumonie.

Même le fait de regarder des actualités ou du cinéma québécois, pour l'extrême, en faisant attention à bien intégrer le parallèle, n'éclaire pas davantage sur la constitution d'une garde-robe adéquate. Au contraire, la probabilité de se faire arnaquer est décuplée car ces mêmes diffusions inspirent les fabricants de pulls et blousons de toutes sortes qui pullulent chez les marchands. Et il ne s'agit pas, dans la grande majorité des cas, de vêtements importés de ces pays-là. Si tel était le cas, la question serait réglée, ma foi, très aisément : un blouson libellé blouson d'hiver et importé de Montréal doit forcément être en mesure de protéger n'importe qui d'un hiver québécois ! Même si, même dans ce cas très précis, la réponse n'est pas toujours celle à laquelle on s'attend, la probabilité de se tromper tend à être faible. Le véritable problème c'est que les productions locales et asiatiques s'en mêlent et prétendent même en faire davantage ! En effet, elles revendiquent une qualité équivalente et parfois même supérieure pour un coût beaucoup plus abordable. Démêler le vrai du faux devient alors un véritable parcours du combattant, même lorsqu'on est accompagné par une maman hyper motivée qui dit connaître les marchands les plus honnêtes et les plus étoffés, et avec qui elle sait toujours obtenir le meilleur prix.

Pour Rahim, une bonne façon de régler la question était de ne considérer que des vêtements fabriqués en Europe pour son séjour français et des vêtements fabriqués en Amérique du Nord pour son séjour québécois. Aujourd'hui, à cette même question, il répondrait qu'à moins d'avoir parmi ses intimes à proximité quelqu'un ayant physiquement séjourné dans un de ces pays, il est préférable de planifier son voyage en été ou à la fin du printemps et mettre de l'argent de côté pour acheter ces vêtements une fois sur place. Dans le cas où le voyage devrait impérativement avoir lieu en hiver, il est toujours possible de se procurer un manteau à l'aéroport d'arrivée, quitte à dépenser un peu plus d'argent pour celui-là, et enrichir sa garde-robe une fois installé. En effet, quel que soit la nationalité du fabricant et pour des raisons de rentabilité, les vêtements importés au Cameroun, mais cela reste vrai partout ailleurs, sont ceux qui conviennent au climat du Cameroun. En effet, vous conviendrez avec moi qu'il y'a beaucoup plus de Camerounais au Cameroun, qui jamais ne fouleront un autre sol que celui du Cameroun, que de Camerounais candidats à l'expatriation ! Même si un vêtement peut avoir l'air suffisamment épais pour protéger un corps humain se déplaçant sous -45 °C en plein cœur de Toronto, s'il est commercialisé au Cameroun, alors ce n'est très probablement pas le cas. Il est très certainement adapté à des conditions climatiques extrêmes comme un froid de montagne et serait probablement très efficace pour protéger un candidat à l'ascension du Char des Dieux, une fois au sommet, mais il ne peut s'agir que de conditions climatiques propres au Cameroun qui, dans ce cas de figure, n'ont aucune commune mesure avec ce qui pourrait s'expérimenter en plein hiver québécois. Mais cela, aucun vendeur ne le dira, soit parce qu'il n'en sait rien, soit parce que son seul souci est d'écouler son stock, surtout lorsque le pigeon s'en va pour plusieurs années outre-Atlantique.

Le seul endroit où il est logiquement possible de trouver des vêtements adaptés à des conditions climatiques, extrêmes ou peut-être pas, d'outre-mer est le marché des vêtements d'occasion. Et c'est exactement l'endroit où Rahim avait fini par se retrouver pour se faire une garde-robe, pas parce qu'une version *Marty* de lui était venue directement du futur lui souffler le constat selon lequel seuls des vêtements dont se seraient débarrassés, quitte des touristes, quitte des occidentaux venus s'installer au Cameroun ou quitte des camerounais ayant mis fin à leur aventure occidentale, victimes d'agression, de cambriolage ou pour quelques sous, et qui se retrouveraient sur le marché de l'occasion, étaient en mesure de le protéger efficacement au cours de ses périples outre atlantique ! Non, malheureusement, ou heureusement, il ne s'agit pas d'un bouquin de science-fiction ou d'aventure mystico-fantastique. Si c'est ce que vous recherchez, prière de le refermer dès à présent. Non, il s'était retrouvé là parce que s'était le seul endroit où il pouvait espérer trouver des vêtements à la hauteur de sa bourse. En effet, depuis sa tendre enfance, la friperie, fripe pour les fins connaisseurs, avait toujours été la seule alternative pour contenter ses besoins. Sauf pour des apparats d'occasions exceptionnelles, uniformes de classe ou vêtements de cérémonie, qui étaient soit réalisés sur mesure soit des cadeaux offerts par tel oncle ou tante lors d'une visite inopinée, Rahim avait toujours arboré de l'occasion. Mais, ne vous fiez pas à votre première impression ! Ces occasions, très souvent d'Europe comme le scandaient à tu tête les vendeurs, une fois amidonnées, lavées et repassées, étaient d'une élégance remarquable à s'y méprendre. C'était sans effort que Rahim se faisait des jaloux et, jusqu'à très tard dans son adolescence et véritablement jusqu'à ce qu'il fasse ses premières courses dans un centre commercial occidental, il était convaincu qu'autre chose que leur coût indiscutablement bas avait poussé ses parents à l'y initier, et lui à les arborer au quotidien.

Difficile de penser autrement lorsqu'il se dit couramment et sur tous les aspects du quotidien que ce qui est neuf est chinois et, par conséquent, prompt à se détériorer dès la première utilisation. Lui, pour ce qui le concerne, avait acheté de multiples équipements électroniques neufs et avait à chaque fois constaté que l'assertion était loin d'être un mythe urbain. L'assertion se défend encore plus lorsqu'on constate que plus de 90 % de ce qui se trouve sur le marché de l'occasion n'est pas fabriqué en Chine. L'intellect collectif a fini par se convaincre que c'est clairement parce que ce qui est produit en Chine se détériore trop rapidement pour se retrouver sur le marché de l'occasion, et, étant donné que pratiquement tous les produits neufs sont libellés « Made in China », fuir le neuf est logiquement et avec très peu de doute la règle.

Mais la vérité c'est que contrairement à ses concurrents européens ou américains, du fait de sa taille ou d'un capitalisme poussé à l'extrême, l'industrie chinoise produit pour toutes les bourses. On comprend dès lors pourquoi, fabriqués de façon à réduire au maximum les coûts de production, les produits qui se retrouvent sur les marchés africains peuvent parfois être de piètre qualité.

Grâce à son appétence pour l'occasion et à l'accompagnement de sa maman, Rahim croyait avoir réussi à se constituer une garde-robe pour les hivers français et québécois sans trop se ruiner. Il était alors loin de s'imaginer que ce qu'il croyait être suffisant pour l'hiver français était tout juste bon pour l'automne et que ce qu'il avait acquis à prix d'or pour se protéger du rude hiver québécois suffirait juste à lui épargner des pneumonies et des engelures au cours de ses périples de début d'année sur les artères de la périphérie parisienne.

Pour ses valises en revanche, et faisant fi des alertes et recommandations de sa maman, Rahim s'était tourné vers le neuf. Le contenu, se disait-il, pouvait être d'occasion et pas très frais, mais le contenant se devait d'être à la hauteur des lieux, disait-on paradisiaques, que ses pieds se préparaient à fouler. Malheureusement, même les soi-disant ultras solides valises qu'il s'était procurées, choisies avec tout le soin du monde, en échange de fortes sommes d'argent quelques jours avant son départ, n'avaient pas été en mesure de jouer leur rôle convenablement. Pire encore, aucune d'elle n'avait ne serait-ce que tenu le trajet jusqu'à son nouveau domicile dans la banlieue parisienne, ce domicile qu'il avait trouvé de justesse sur un site de colocation entre particuliers et où il avait obtenu résidence grâce à la charmante attention de la seule personne, en dehors de sa maman, qui ait bien voulu lui faire un cadeau pour son voyage : reporter le paiement de ses 300 000 FCFA de caution au moment où il recevrait sa première rétribution en tant que chercheur. Une valise avait même décidé qu'elle ne foulerait pas le sol français, emportant avec elle une bonne partie des trésors de Rahim et notamment ces mets succulents que sa maman avait concocté avec amour le jour de son départ pour, disait-elle, agrémenter son voyage.

# Bienvenue en France,
## en hiver et avec une seule valise !

À son réveil ce matin-là, Rahim ne savait pas s'il fallait être triste que ce soit le dernier jour pendant très longtemps où il se réveillerait dans cette maison-là en compagnie de ces gentilles dames-là, content de bientôt débuter, enfin, son périple vers la concrétisation de ses rêves ou stressé au regard de toutes les démarches qui l'attendaient. Deux jours auparavant, il dégustait un somptueux festin de Noël en compagnie de sa maman et de ses sœurs. Ce festin lui avait paru plus succulent que jamais, peut-être parce que sa maman s'était appliquée plus encore qu'auparavant, pour ce dernier Noël avant le départ de son fils. C'est après s'être isolé dans sa chambre ce 25 décembre au soir que Rahim avait pris pleinement conscience de l'étendue de ce qu'il s'apprêtait à entreprendre. Il avait, par il ne sait quel artifice, réussi à oublier, concentrant toute son attention sur cette fête de Noël qui approchait et qui se promettait haute en couleur. La prière que sa maman avait faite ce jour-là, au moment de bénir le repas, avait fissuré les fondations de la forteresse qu'il avait construite autour de ce projet dans son esprit, et, se retrouver tout seul dans le noir cette nuit-là, l'avait achevée. Depuis cette nuit-là, il avait égrainé inlassablement les jours, les heures et maintenant les minutes qui le séparaient du moment fixé pour le décollage de son vol : 5 h du lendemain matin.

« Ce n'est pas une heure pour voyager ! », s'était exclamée sa maman lorsqu'il était venu lui présenter son billet d'avion, précieux sésame qu'il brandissait en signe de victoire. Il n'en était que trop conscient. Il n'avait jamais encore planifié auparavant de voyage aux heures sombres du matin. Même son papa qui était très matinal s'était toujours débrouillé pour que les départs en vacances, chaque fin d'année scolaire au cœur de l'Ouest Cameroun, ne se fassent qu'une fois le soleil majestueusement déployé. Mais, devant son ordinateur ce matin-là, point d'alternative reluisante. Impossible ne serait-ce que de songer opter à quelque chose d'autre. Comment aurait-il pu en être autrement ? se disait-il, en consultant à travers son navigateur web, les uns après les autres, les comparateurs de prix de vols. C'était le seul choix qui s'offrait à lui, au vu du budget à sa disposition, étant donné qu'il souhaitait, pour cette ultime fois encore, passer la fête de Noël avec sa famille.

« Ce n'est pas donné à tout le monde de voyager en fin d'année, surtout après la fête de Noël. Je suis obligé de faire des compromis. Même en incluant des vols avec escale et en ne considérant que des compagnies aériennes low cost, si je ne prends pas les premiers vols du jour, je vais exploser mon budget ! », lui avait-il répondu.

« Ta rentrée est prévue en janvier ! Tu dois passer Noël avec nous. », lui avait fait savoir sa maman quelques semaines auparavant, lorsqu'il avait reçu sa convention d'accueil signée des mains du préfet du Val-de-Marne. À ce moment-là, il était trop content pour lui dire non. Après trois mois d'attente, il avait enfin entre les mains l'indispensable pour initier les formalités de demande de visa ! Maintenant, il était trop tard pour reculer.

N'ayant aucun moyen de se procurer des véhicules privés pour le trajet jusqu'à l'aéroport, Rahim était obligé de tout faire afin de se faire transporter à l'aéroport en taxi. Il lui fallait donc être prêt à partir avant la fin du service de nuit des conducteurs de taxi, quitte à passer la majeure partie de la nuit seul à l'aéroport. Pour y arriver, Rahim s'était fixé le défi de boucler ses valises au plus tard deux heures avant l'arrivée des taxis qu'il avait réservés la veille. Afin de se laisser une marge confortable, il avait demandé aux chauffeurs de le considérer comme leur dernier service de la nuit et donc de se présenter au moment où les deux aiguilles de l'horloge atteindraient leur plus haute position.

Il voulut se raviser, mais c'était trop tard ; le mal était fait : il avait dit à sa maman l'heure exacte à laquelle les taxis seraient prêts à partir ! À partir de ce moment, il sut que jamais il ne tiendrait son chrono. Ses valises furent effectivement bouclées deux heures avant l'arrivée des taxis, mais il dut à nouveau les défaire, 30 min avant le moment fatidique, pour permettre à sa maman d'y ranger les mets dont elle venait d'achever la cuisson. C'est à cet instant que se révéla pleinement à lui le vrai sens du choix cornélien entre ce qui nourrit le corps et ce qui nourrit l'esprit ! Il était dans l'incapacité en effet d'emporter tous ces mets sans laisser derrière lui plusieurs livres et cahiers qu'il avait soigneusement rangés de part et d'autre plusieurs heures auparavant. À ce moment-là, le choix s'était fait quasi naturellement et il s'en était senti très rassuré. Il avait rangé dans chacune des valises tout ce qui pouvait avoir de près ou de loin un lien avec son sujet de recherche, et tout était entré de justesse. Maintenant, en une trentaine de minutes, il devait analyser chaque document et choisir le strict nécessaire, au risque de se mettre à dos sa maman qui avait consenti beaucoup d'efforts et d'argent, si durement gagné, à la concoction des mets. Finalement, il fut décidé de reporter la difficile sélection à l'aéroport. Les taxis emportèrent donc la petite famille ainsi que tout ce qui était susceptible de faire partie du périple à l'aéroport.

Rahim sentit une soudaine angoisse l'envahir. Il ne s'était jamais senti aussi triste. Il regardait encore s'éloigner ce groupe de personnes si chères à son cœur et, auprès de qui, il avait vécu chaque jour de sa vie, lorsqu'il sentit venir à lui un torrent d'appréhensions accompagné d'un flot de sanglots. Sarah avait tenu à repousser au maximum ce moment fatidique et ce n'est qu'à cet instant-là qu'il comprit pourquoi. Elle avait refusé qu'il lui dise au revoir, après un baiser, la veille. Elle avait tenu à être à ses côtés dans ce taxi qui le menait à l'aéroport, la tête sur son épaule. Elle voulut rester avec lui jusqu'au petit matin, mais les taxis avaient reçu l'instruction de ramener tout ce petit monde à la maison et ils avaient bien l'intention de se débarrasser de cette corvée avant la fin légale de leur service.

Rahim se dit qu'il se devait d'être fort ; pas question de pleurer à chaudes larmes lui aussi, dans les bras de cette demoiselle qu'il s'était promis de toujours rendre heureuse. Son devoir était de la rassurer et c'est ce qu'il fit, à coup de sourires, de promesses et de caresses. Il s'était senti invincible, lorsqu'il avait embrassé sa maman sans flancher ; mais là, à peine avait-il lâché le corps de Sarah qu'il n'eut plus le courage de la regarder. Jamais elle ne devait voir ces larmes qui, déjà, gorgeaient son regard. Il voulut tout lui dire : qu'il l'aimait plus que tout ; qu'il suffisait d'un mot de sa part pour qu'il laisse tout tomber, là, tout de suite, pour rester à ses côtés ; qu'il l'appellerait matin et soir, chaque jour, jusqu'à ce qu'il soit à nouveau à ses côtés ; et toutes ces choses encore qui emplissaient soudain son esprit. Mais, pas un mot ne s'échappa ! Il se retourna et s'éloigna rapidement, une valise de cabine à l'épaule et un sac au dos. Il s'arrêta brusquement lorsqu'il entendit son nom au lointain, déposa son attirail devant lui et retira puis revêtit précipitamment ses lunettes de soleil, avant de se retourner. Il fit un vibrant signe de main accompagné d'un large sourire à cette silhouette qui sautillait au loin, l'air affolée, avant de disparaître derrière deux gigantesques portes coulissantes. Mais déjà, on pouvait apercevoir son visage ruisselant de flots de larmes. « Heureusement, elles se sont suffisamment éloignées ! », murmura-t-il sur un air triomphant.

Comment pouvait-il être tout seul dans cette immense salle d'embarquement ? Rahim n'en revenait pas. Était-il le seul à ne pouvoir se rendre à l'aéroport qu'en Taxi ? Était-il le seul à prendre ce vol ? Sûrement pas ! Où était donc ce beau monde ? S'était-il fait duper ? Était-ce une arnaque ? Pouvait-il encore rejoindre sa famille et faire de cette ubuesque aventure un lointain souvenir ? Où était la sortie ? Étourdit par toutes ces questions et par le chagrin qui l'envahissait, Rahim se décida à s'asseoir, le plus loin possible de l'accès par lequel il était venu afin, se disait-il, de ne pas se laisser surprendre si d'aventure des gens venaient l'emmener pour se faire liquider et priver de ses organes, comme il avait ouï conter à de nombreuses occasions. Quelques minutes plus tard, du fait de la tristesse, de l'inhabituel silence environnant, de l'insomnie des jours précédents ou d'une vigilance accrue qui l'épuisait davantage qu'elle ne le rassurait, il finit par crouler de sommeil, rêvant de cauchemars tous plus abracadabrants.

Il faillit manquer son vol. N'eut été la bienveillance et la compassion de cette adorable femme de ménage. Pourquoi l'avait-elle réveillé ? Peut-être parce qu'il l'empêchait de boucler son tour d'aspirateur ! Non, elle semblait trop adorable pour ne pas être préoccupée par celui-là qui pouvait être son fils et qui, recroquevillé et accoudé sur son sac, dormait à ne pouvoir être qu'un débutant se lançant dans sa première aventure extraterritoriale. Encore une fois, aucun compagnon d'infortune autour de lui. Étaient-ils tous partis, sans lui, préoccupés qu'ils étaient par une histoire qui leur était propre et qui ne l'incluait pas ?

Combien de fois l'interphone avait-il murmuré son nom ? Il l'ignorait. Mais à peine s'était-il extirpé des bras de Morphée qu'il s'entendit appelé par une voie métallique dont il n'arriva pas à définir la provenance, attiré qu'il était par la plus grande merveille qu'il lui eut été donné d'apercevoir. Il n'en avait distingué aucun à son arrivée quelques heures plus tôt. Mais là, on ne voyait plus que lui au-dehors, majestueux, resplendissant, immense, et impatient de repartir dans sa course folle jusqu'au firmament tellement il vrombissait. Comment ce minuscule objet bruyant, qu'il apercevait et qu'il admirait avec fantaisie, à chaque occasion, planer au-dessus de sa tête, et de tout ce qui était scotché au sol comme lui, pouvait-il être aussi immense ? Il n'eut pas le temps de s'extasier davantage lorsqu'il entendit à nouveau son nom et bondit de toutes ses forces, en agitant les mains, en direction de ce qui semblait être la porte d'entrée de cet oiseau mystérieux.

Se sentir membre d'une minorité, se sentir sondé et dévisagé, quel sentiment étrange ! À peine s'était-il mis à longer l'allée jusqu'à sa cabine que Rahim sentit peser sur lui des regards interrogateurs, voire accusateurs. Il voulut s'excuser d'être celui, qui retenait clouer au sol cette foule amassée et savamment répartie, et qui influençait des plans méticuleusement articulés, mais vers qui se tourner ? Personne ne le regardait vraiment, mais des auras menaçantes, tout autour de lui, semblaient se déchaîner et s'amplifier à mesure qu'il se déplaçait, seul intrus debout au milieu d'agents en uniforme au sourire calculateur. Les secondes semblaient être des éternités.

Où était donc ce siège qui lui était dû ? Il ne s'était jusqu'alors pas préoccupé de la rangée où une place lui serait attribuée. « Qu'importe ? », s'était-il dit au moment de réserver son billet d'avion, « Je ne vais pas dépenser autant d'argent juste pour avoir le loisir de choisir où me poser le temps d'un trajet ! ». Son seul souhait avait alors été d'être assis côté fenêtre, afin d'être en mesure de mémoriser et décrypter tout ce que ces quelques centimètres carrés de vitre laissaient entrevoir. Heureusement, son souhait avait été exaucé. Mais malheureusement, il ne put pas en profiter car quelqu'un d'autre s'était installé à sa place, quelqu'un à qui il n'eut pas le courage de demander des comptes. Comment aurait-il pu, comme premier échange de vive voix avec un « blanc », exiger de celui-ci réparation d'un préjudice aussi plat, alors qu'il était à l'origine d'un si grand mécontentement ? Il s'assit sur la seule place qui restait libre et ne dit pas un mot jusqu'à ce que l'avion atterrisse à Casablanca. Même lorsqu'une hôtesse lui proposa un rafraîchissement, aucun mot ne s'échappa tellement il se sentait obligé de se faire discret, seul «noir» à perte de vue. Heureusement, cette dernière était suffisamment entraînée pour décrypter son langage non verbal, et ce geste de la tête là lui suffit pour savoir quoi faire.

À quelques centaines de mètres du sol, Rahim n'en croyait pas ses yeux. S'apprêtait-il vraiment à atterrir à Casablanca, au Maroc, ou était-il déjà arrivé à Paris ? Ce qu'il observait n'avait rien de comparable à ce à quoi son regard avait été habitué jusqu'ici. Pouvait-il vraiment continuer à considérer son lieu de naissance comme une ville et l'amas de hangars duquel il avait décollé il y a quelques heures comme un aéroport ? Ce tarmac vers lequel descendait cet avion et tous ceux aux alentours, étaient, eux, bondés d'avions à n'en plus pouvoir dénombrer. Comment la compagnie royale marocaine pouvait-elle posséder autant d'avions alors que ceux de la compagnie nationale camerounaise se comptaient à peine sur les doigts d'une main ? À Nsimalen, au moment de décoller, il n'en avait distingué aucun. À ce moment-là, se recroquevillant sur son siège pour surpasser le stress qu'il ressentait depuis l'amorçage de la phase d'atterrissage, Rahim était loin d'imaginer combien profonde était cette cassure dont il prenait à peine véritablement conscience. Il ne mesurait pas jusqu'à quel point il allait être amené à avoir honte de sa nationalité et de ses origines au point de ressentir une gêne grandissante à chaque occasion de les citer.

Pour la première fois, Rahim se retrouva devant deux files, pour le même service, sans avoir le choix de la file où se positionner. Cette fois-ci, c'est la couleur qui faisait la différence, la couleur de son passeport ; et cette dernière le contraignait à s'orienter vers la file la plus longue et la plus dense, où chaque expression faciale laissait entrevoir crispation et désespoir. Triste décor pour une première dans la Ville Lumière.

« Heureusement, la file est courte aujourd'hui ! » entendit-il dire au loin.

« Et il y'a plus d'agents aujourd'hui ! La file avance plutôt vite. », murmura quelqu'un d'autre.

N'empêche que, 45 minutes après l'atterrissage de l'avion, il était toujours en file, certes à quelques pas du poste de douane. Lorsque son tour vint enfin, c'est tout souriant qu'il adressa une salutation respectueuse et voire même majestueuse à l'agent qui lui faisait signe d'avancer tout en lui tendant son passeport ouvert à la page où était accolé son précieux visa. Ce dernier, ne prenant même pas la peine de répondre, ni à son sourire ni à sa salutation, après une minutieuse inspection du précieux sésame, lui lança sèchement : « Quelle est la raison de votre visite et quand prévoyez-vous vous en aller ? ». La dure réalité le rattrapait : non seulement son séjour se devait d'être temporaire et justifié, mais il n'était assurément pas le bienvenu, même si plusieurs panneaux disposés sur le chemin qu'il venait d'emprunter depuis sa sortie de l'avion avaient semblé lui suggérer le contraire. Pourtant, lorsqu'il avait lu la mention apposée sur son visa « Passeport Talent Chercheur, exercice d'une activité salariée », Rahim s'était félicité de la sagacité de la diplomatie française. Comment cette mention qui lui semblait aussi élogieuse et suffisamment claire ne suffisait pas à convaincre son interlocuteur ?

Ce qu'il allait faire à partir de ce moment risquait très probablement de précipiter son retour ; avec un risque non nul, lui semblait-il, de ne jamais découvrir autre chose de Paris que son charmant aéroport. Bouleversé, Rahim rassembla tout de même ses forces, se ressaisit et fouilla ses affaires de fond en comble à la recherche de sa convention d'accueil. Elle, se disait-il, était très explicite quant à ce qui l'amenait sur le sol français et serait probablement plus éloquente que mille de ses mots. L'ayant retrouvé, de justesse avant de se faire hurler dessus au vu de la mine exaspérée de l'agent, Rahim la lui tendit en balbutiant : « Je viens poursuivre un doctorat en informatique en cotutelle. ». Convaincu et l'air un peu gêné, l'agent cacheta son passeport et Rahim pu enfin franchir le poste de douane et s'orienter vers les tapis de récupération de bagages où une, dirait-on extraordinaire, surprise l'attendait.

« Attendez, c'est la mienne ! » Combien de fois avait-il entendu quelqu'un hurler cette affirmation au loin ? Rahim avait cessé de compter. Il avait également fini par se lasser du fantastique et immense hangar où il se trouvait, avec tous ces tapis de distribution automatique de bagages. Depuis plusieurs heures, aucun ne lui avait amené son dernier bagage, celui-là qui contenait la majeure partie de ses trésors, et l'entièreté des mets concoctés par sa maman chérie. Il était arrivé quelques heures plus tôt, tout ragaillardi et joyeux d'avoir pu franchir ce qui lui sembla être le dernier, et clairement pas des moindres, verrou sur une vie pleine de promesses. Il avait alors scruté minutieusement chaque valise régurgitée puis ingurgitée par cet extraordinaire machinisme, d'abord avec excitation, puis avec une lassitude qui allait sans cesse grandissante. Où pouvait-elle bien être ? L'un après l'autre, des centaines de groupes étaient venus là, aussi souriants que lui, et tous étaient répartis, avec le même sourire qui traduisait une gaieté inaltérée, glissant ou tirant, voire trimbalant avec légèreté, leur attirail reconquis. Quant à lui, fort d'une espérance messianique, il comptait inlassablement le nombre de fois qu'il observait passer ces valises oubliées et abandonnées de leur propriétaire. Il finit par s'éprendre de compassion pour ces dernières, livrées à elles-mêmes et auquel le monde ne pensait plus. Comment quelqu'un pouvait-il oublier, pire encore abandonner, un si charmant compagnon de route, arraché à son quotidien et à sa sérénité, pour faire partie d'une aventure qu'il n'avait pas sollicitée et au bout duquel rien ne lui était promis ? Ah, les humains et leur vanité !

À force de scruter l'immensité du lieu où il se trouvait, Rahim avait fini par remarquer ce bureau isolé libellé « Réclamations Bagages/Luggage Claims ». Chaque minute qui passait, son esprit lui suggérait qu'il était grand temps de s'y diriger, mais il n'arrivait pas à s'y résoudre. Il n'était pas vraiment pressé étant donné que personne ne l'attendait, alors pourquoi courir le risque de passer plusieurs jours sans sa précieuse cargaison ? Surtout avec son contenu périssable qu'il se devait de ranger au plus vite dans un endroit frais et sec. Il finit par être capable de prédire avec une exactitude insoupçonnable la durée entre deux passages d'une valise, la durée entre l'arrivée d'un vol et la première livraison d'une valise acheminée par ce dernier, la cadence du tapis en fonction du nombre de vols traités, etc. Il se mit même à prédire la couleur du prochain bagage, se félicitant avec des gestes de la main à chaque fois qu'il faisait mouche.

Il avait failli renoncer quelques heures plus tôt et se résoudre à sortir de l'aéroport sans avoir retrouvé aucune de ses valises. Heureusement, il décida de faire un dernier tour du tapis avant de se diriger vers le bureau des réclamations. C'est alors qu'à quelques mètres de boucler son tour, il vit surgir son premier compagnon de route. Telle une retrouvaille entre deux amis de longue date, il se saisit de cette dernière et, tout ragaillardi, se résolut à attendre le temps qu'il faudrait l'arrivée de sa favorite, celle-là qui lui assurait un festin de roi pendant plusieurs jours, le temps pour lui de prendre ses marques dans cette cité féérique. Malheureusement, elle ne vint pas.

Rahim était abattu. « Pourquoi elle ? » s'interrogeait-il, « Pourquoi une et pas l'autre ? Que s'est-il passé pour que les trajets de ces valises, qui avaient débuté à l'identique, divergent ? J'ai bien reçu l'assurance que je n'avais rien à faire au moment de l'escale au Maroc et que mes valises me retrouveraient toutes à Paris. Qu'ai-je fait d'insensé ? ». C'est sur ce questionnement et, bon gré mal gré, las d'attendre, que Rahim se dirigea, traînant volontairement ses pas afin de maintenir une certaine visibilité sur ce tapis qu'il considérait maintenant comme une extension de lui, vers ce bureau à l'écart qu'il détestait déjà et auquel il n'aurait jamais souhaité avoir à faire. Il avait en effet appris, suite à de nombreux déboires et témoignages, que déposer une réclamation était aussi inutile que se plaindre de son sort. Ça n'aboutit jamais et ça n'a pour seul effet qu'un gaspillage disproportionné de ressources, surtout le temps.

Comment aurait-il pu se construire un devenir sur sa terre natale, et se retrouver embarqué dans cette formidable aventure, sans cette précieuse philosophie de vie ? Toute sa vie, il avait tenu secrets tous les sévices qu'il subissait, à tort ou à raison, ainsi que toutes les rancœurs qui en découlaient. Ce qui était utile c'était de se creuser les méninges pour trouver des réponses, puis agir, réagir et tirer des leçons. Mais là, épuisé et à court d'alternatives, il n'identifiait plus que cette démarche. « *Et puis, qu'ai-je bien à perdre sur ce coup-ci ?* », murmura-t-il avant de pénétrer dans la pièce. Se rendant compte qu'il lui fallait renseigner un numéro de téléphone valide en France pour déposer une réclamation, il dû se résoudre à acheter la carte SIM la plus coûteuse de sa vie. Il revint, vert de rage, gribouilla sur le formulaire de dépôt de réclamation en prenant soin de bien préciser sa nouvelle adresse ainsi que son numéro de téléphone français, puis, fit un dernier tour de tapis à la recherche de sa promise, avant de se résigner à sortir, une fois pour toutes, de ce terminal qui, pour toujours, serait associé à une partie sombre de son passé ; symbole d'une impuissance jusqu'alors très rarement expérimentée.

# De 5000 FCFA à 65 000 FCFA
## pour un taxi !

Rahim s'interrogeait : « même si les pays
exploitent des monnaies différentes avec un certain
taux de change, la valeur de l'argent est censée être la
même ! ». Le billet d'avion jusqu'à Paris lui avait
coûté un certain montant en FCFA et lui aurait coûté
le montant équivalent en Euros, suivant le taux de
change, s'il avait exploité cette devise. Ainsi, étant
donné que le Taxi le plus cher au Cameroun facture à
peu près 5000 FCFA pour un dépôt à n'importe quel
endroit de la ville, il lui suffisait de prévoir la valeur
équivalente en Euros pour que n'importe quel Taxi
Parisien le dépose n'importe où dans la cité. De plus,
il était préférable d'avoir ce montant en espèces : « A-
t-on jamais vu un Taxi accepter d'être payé par carte
de crédit ? ». Son butin en poche, il se dirigeait vers
la sortie lorsque soudain il dû s'arrêter tout net. La
porte qui donne sur l'extérieur s'était entrouverte

devant lui, et il faisait froid, très froid, trop froid !
Comment pouvait-il faire aussi froid ? Son blouson
n'était clairement pas suffisant pour le protéger
adéquatement, mais il était trop tard pour en prendre
un deuxième ou un manteau, déjà il était dehors. Il se
précipita vers le premier Taxi qu'il aperçut et lui
tendit un bout de papier sur lequel il avait gribouillé
son adresse en hurlant « Dépôt ! ».

Quelques minutes plus tard, Rahim comprit à quel
point il était loin du compte dans ses estimations.
Chaque minute de son trajet était comptée et traduite
en un certain montant en Euros. Un compteur équipé
d'un immense afficheur se chargeait de l'informer en
temps réel du coût de son trajet. Ses chiffres rouges,
desquels il ne détournait pas le regard, lui donnaient
la migraine tellement ils changeaient rapidement.
« Comment peuvent-ils continuer leur course même
lorsque le Taxi est à l'arrêt ? », s'interrogeait Rahim
à chaque feu rouge et à chaque congestion ? Soudain,
le Taxi s'immobilisa pendant de nombreuses minutes,
puis le conducteur lui lança : « Un accident
immobilise le trafic ! Je vais faire un petit détour. »,
avant de faire demi-tour. Mais le compteur, lui,
continuait inlassablement son décompte, au grand
désarroi de Rahim qui se sentit désemparé.

Même l'extraordinaireté de l'architecture urbaine
qui l'entourait n'arriva pas à retenir suffisamment son
attention pour détourner ses pensées de la facture

salée qui l'attendait à destination. Lui, n'avait jamais dépensé plus de 500 FCFA pour un trajet classique en Taxi. Il se recroquevillait à sa place et attendait patiemment sa destination pendant que le Taxi faisait ses pauses et que des passagers descendaient et montaient. Le dépôt, bien qu'il en eût entendu parler à de nombreuses occasions, il ne l'avait jamais expérimenté, sauf au moment d'aller à l'aéroport quelques jours auparavant. Et même à cette occasion-là, ayant quasiment occupé tous les sièges du Taxi, il n'avait payé que 5 000 FCFA par Taxi, pour le trajet aller-retour ! Il savait cependant qu'en France, le dépôt était la norme. Mais comment les Français pouvaient-ils se permettre de dépenser autant pour leurs trajets ? Était-il tombé sur un Taximan véreux ? Sur quelle base était fixé le taux de monétisation du temps de trajet ? Il devait sûrement y avoir un autre moyen ; dans le cas contraire, il lui fallait renégocier sa compensation mensuelle, sa résidence étant située à 45 minutes en voiture de l'Université.

« Nous y sommes ! », s'exclama le conducteur l'air essoufflé. Verdict, 150 Euros à débourser. La facture était salée, salée à en faire frémir d'épouvante !

Rahim s'excusa pour son manque d'anticipation : « Désolé, je n'ai pas suffisamment de liquidité pour prendre en charge l'entièreté de la facture. Savez-vous s'il y a un guichet de banque près d'ici ? ».

« Ne vous inquiétez pas Monsieur, vous pouvez régler directement par carte de crédit. », rétorqua le conducteur en lui tendant un terminal de paiement mobile.

## Un compatriote dans ma collocation…
## mais pas que, multiculturalisme

Rahim ne souhaitait qu'une seule chose : s'allonger sur un lit bien douillet et dormir jusqu'à n'en plus pouvoir. Mais comment aurait-il pu alors qu'il venait d'arriver dans une nouvelle maison, occupée par tout un tas de personnes dont il ignorait jusqu'ici l'existence ? Son hôte, Elena, qui venait juste de déverrouiller l'entrée de ce que Rahim avait toujours considéré jusqu'ici comme une villa, voire un château, n'entendait pas le laisser roupiller sans l'avoir introduit à toute la maisonnée, surtout à Lana, sa chienne germanique, et lui avoir fait signer toute la paperasse. Rahim se réjouit tout de même en songeant à la tardiveté de son arrivée : « Si j'étais arrivé plus tôt, nul doute que j'aurai été également introduit auprès de tous les propriétaires des châteaux environnants. ». Si tel avait été le cas, se disait-il, au vu du nombre des châteaux qui s'étalaient à perte de vue, il se serait assurément écroulé avant d'avoir passé son bonjour à la moitié d'entre eux.

La corvée de paperasse terminée, Elena invita donc son nouveau locataire à l'accompagner pour un tour du propriétaire. Rahim ne s'était jamais imaginé se retrouver en présence d'autant de nationalités dans une même demeure : des Étasuniens, des Sud-Africains, des Belges, italiens, français, et même un Sénégalais et, surprise, un couple de Camerounais. Rahim s'interrogea quant à la probabilité d'arriver, après avoir quitté le Cameroun, dans une résidence avec deux Camerounais comme colocataires. Nul doute qu'elle ne devait pas être énorme. Rahim comprit alors pourquoi à son arrivée, il avait cru humer, entre autres, des odeurs familières de repas typiques de chez lui. Si les mets de sa maman l'avaient suivi comme prévu, se dit-il, les senteurs n'auraient pas surpris autant qu'elle l'espérait la pauvre. Thomas, son compatriote, était ingénieur mathématicien tandis que Laure, sa fiancée, était étudiante en médecine. Tout contents de voir la famille s'agrandir, ces derniers ne lui permirent pas de prendre congé d'eux avant d'avoir empli son gosier au travers d'une dégustation chevaleresque, en leur compagnie, du succulent repas qu'ils venaient tout juste de concocter. Rahim se réjouit : « Au moins le souhait de maman, que j'ai du camerounais dans mon assiette à mon arrivée en France, se concrétise ! ».

Rahim fut arraché à ses rêves par un bruit inhabituel : quelqu'un frappait à la porte de sa chambre, déjà toute lumineuse, inondée de vifs rayons de soleil. Le duvet de neige au-dehors réfléchissait toute la lumière, ce qui rendait l'extérieur plus brillant que ce à quoi il avait été habitué jusqu'ici. Il n'en revint pas, il était déjà 13 h. Il sut alors qui frappait à sa porte et pourquoi. Étant donné qu'il se retrouvait, temporairement espérait-il, privé de plusieurs affaires essentielles, Thomas s'était proposé de l'accompagner faire des courses pour, au moins, s'assurer de disposer du minimum vital. Il avait en effet commis la stupide erreur, selon les dires de Thomas, de repartir ses affaires essentielles entre ses deux valises, au lieu de les réduire au strict minimum et les disposer dans sa valise de cabine. Cela lui avait tout de même permis de s'assurer d'être toujours en possession de ses documents les plus précieux, et ça, c'était le plus important à ses yeux.

Surpassant la fatigue encore très présente, Rahim se hâta de s'apprêter pour se mettre à la suite de son nouveau compagnon et, fort heureusement, ne le regretta pas. Cette demi-journée-là fut l'une des plus productives qu'il lui eut été donné d'expérimenter. Rahim prit en effet conscience de la complexité du système de transport francilien et de la simplicité de son fonctionnement : bus qui relient plusieurs points d'une même ville, trains qui relient plusieurs villes et métros/tramways qui fluidifient le transport au sein de

Paris et sa proche banlieue. Il expérimenta des fonctionnalités jusque-là insoupçonnées de l'application mobile de cartographie Google Maps. Bien plus, il découvrit et expérimenta le fonctionnement des supermarchés, hypermarchés et centres commerciaux, et ce fut le coup de foudre. Quelques jours plus tard, ces mécanismes lui semblèrent si naturels, si logiques et si aisés qu'il ne comprit plus pourquoi les choses se faisaient différemment ailleurs. « De telles ingéniosités se doivent d'être répliquées à tout endroit du globe ! », se répétait-il face à toutes ces superstructures au fonctionnement méga simplifié.

Au sein de l'Union Européenne, chaque pays réglemente de son propre chef les relations entre l'État et la religion, et plus généralement l'existence d'une culture dite maîtresse et/ou la coexistence de multicultures ou cultures adjacentes. Dans le cas de la France, l'accommodement culturel désigne moins les efforts que l'État devrait faire pour intégrer certaines minorités culturelles que les concessions que ces dernières doivent consentir pour coexister ou s'assimiler à la culture maîtresse. En France, la laïcité est un des piliers de la constitution. C'est un des principes fondateurs de la coexistence de cultures. Jean Bauderot définit la laïcité comme un règlement juridique et un art du vivre ensemble. Elle est fondée juridiquement sur trois principes essentiels :

- Le respect de la liberté de conscience et de culte ;
- La lutte contre toute domination de la religion sur l'État et sur la société civile ;
- L'égalité des religions et des convictions.

Pour prendre un exemple concret, la France est durement attachée à la pratique du repos dominical : le dimanche est un jour de repos obligatoire pour la grande majorité des secteurs d'activité (certaines dérogations sont accordées pour des zones touristiques ou de grandes agglomérations pour des salariés volontaires). Quelle que soit sa culture ou sa pratique religieuse, tout résident français est tenu de s'accommoder, et, dans ce cas-ci, respecter le repos dominical. Toutefois, l'État ne prohibe pas toutes les pratiques culturelles des cultures dites minoritaires. Il prévoit même parfois des accommodements en leur faveur. Par exemple, le gouvernement établit chaque année une liste de jours protégés pour lesquels il est demandé, dans la mesure du possible, de ne pas organiser d'activités à risques à l'exemple des examens ou concours.

Né au Cameroun, d'un père et d'une mère tous d'origine Bamiléké (tribu de l'ouest Cameroun), Rahim a à de nombreuses reprises été confronté à des problèmes associés à la diversité culturelle. En effet, Le Cameroun est un pays d'Afrique Centrale qui compte un peu plus de 300 ethnies/tribus. La capitale, Yaoundé, regroupe une représentation assez importante de chacune des ethnies, ce qui fait d'elle un foyer de diversité culturelle. Malheureusement, la diversité culturelle que présente le Cameroun est pour l'instant un inconvénient bien plus qu'un avantage, du fait de l'absence d'une politique claire et cohérente de gestion de cette dernière. La ségrégation se fait ressentir au quotidien, dans pratiquement tous les aspects de la vie. L'État camerounais clame haut et fort que le Cameroun adhère aux principes du multiculturalisme, mais dans la réalité des faits, chaque ethnie fait dominer sa culture sur tous ceux qui résident au sein du territoire qui lui sied. Ainsi, à Yaoundé, c'est la culture Betsi qui prédomine et chacun doit choisir entre s'aligner, s'en aller ou vivre officieusement l'oppression au quotidien, sur toutes ses formes.

La France, en ce qui la concerne, ne souscrit pas au multiculturalisme. La culture française, d'inspiration Gauloise et républicaine, est présente et le conformisme est la règle pour tout nouvel arrivant. Rahim n'échappa pas à cette règle. Toutefois, un élément du tissu culturel français auquel il eut beaucoup de mal à s'adapter, et qui est pourtant une constante dans l'univers occidental en général, est l'individualisme. En effet, au Cameroun (et en Afrique en général), quel que soit l'ethnie, le relationnel est très présent et joue un rôle prépondérant dans le devenir de tout un chacun. Ceci inclut notamment la famille élargie, les amis, les voisins, les camarades de classe, etc. Chaque maillon intervient, selon une hiérarchie bien définie, dans la prise de décisions, la résolution de conflits, la transmission des savoirs, la manifestation des émotions et même dans la définition de l'individu et de sa personnalité. En revanche, en France, chaque individu est seul responsable de son devenir. Se faire des relations est très difficile car chacun n'est motivé que par son propre plan de vie : une relation n'est une relation que parce qu'on y voit un intérêt immédiat ou futur. De plus, étant le seul membre de sa famille expatrié en France, Rahim était dans l'obligation de ne compter que sur lui-même, dans tous les aspects de son existence.

Il était certes entouré de personnes extraordinaires, originaires de cultures diverses et variées dont il fit l'expérience à de nombreuses occasions, avec chacune une histoire unique et captivante dont il se délectait attentif en apéro ou lors d'une balade, mais l'individualisme était, sans l'ombre d'un doute, monnaie courante. C'était l'une des constantes au milieu de cet amas de cultures hétérogènes, fut-elle innée ou acquise. Même chassé au loin pendant quelque temps, l'individualisme finissait inlassablement par revenir au galop. Heureusement, la profusion et la vulgarisation des réseaux sociaux permirent à Rahim, tout du moins avant que l'individualisme fasse partie de sa psyché, de se replier périodiquement vers son tissu relationnel établi au Cameroun, pour certains aspects.

Pour lutter contre cet individualisme oppressant, en plus de faire appel aux technologies de l'information et de la communication pour garder le lien avec leur tissu relationnel, les expatriés africains ont souvent tendance à se regrouper en associations afin de créer/maintenir un simulacre d'interactionnel. Ainsi, Rahim intégra rapidement le réseau des anciens étudiants de son école d'ingénieur au Cameroun expatriés en France. Il put ainsi s'appuyer sur ces derniers pour certains aspects de son existence (manifestation des émotions, résolution de conflits, acquisition de savoirs, etc.). Il s'appuya même sur ce réseau pour se construire une intimité.

# Premiers pas
## dans une ~~Université~~ UNIVERSITÉ

Lorsqu'on fait ses premiers pas dans une institution aussi prestigieuse et vaste que l'Université Paris Est, l'on ne peut que se sentir insignifiant, et pas qu'à cause d'une humilité mal dissimulée. Entouré par tous ces immenses bâtiments pleins de vie et d'histoires, longeant les allées de ces facultés et grandes écoles de renom à l'exemple de la prestigieuse école des ponts et chaussés, arpentant ce bitume et ces pavés sur lesquels ont trotté tant d'illustres sommités, Rahim se sentit le grain de sable le plus fin d'un immense désert, le plus petit engrenage d'une mégastructure, la goutte d'eau la plus plate d'un vaste océan. Et, pour être immense, elle l'était cette ~~Université~~ UNIVERSITÉ, de plusieurs facteurs la taille de ce à quoi Rahim avait été habitué jusqu'ici.

C'est gorgé d'émois et de fierté, d'espoirs et d'épouvante qu'il gravit pour la première fois les marches menant à son laboratoire de recherche et qu'il en franchit le seuil. Et là, un couloir long et désert où s'entremêlent portes et posters, affiches et extraits d'articles. Heureusement, Rahim avait pris la peine de noter l'identifiant du bureau à lui attribuer. Il arpenta donc le couloir, sondant de tout côté, à la recherche de son point de chute. C'est lorsqu'il ne s'y attendait plus qu'il l'identifia enfin et y fit la connaissance de ses deux compères : Charles, doctorant français et Félix, doctorant ivoirien, tous deux ayant débuté leur doctorat trois mois auparavant. Il était donc le petit poucet ! À ce titre, il reçut un briefing détaillé et exemplifié des tenants et aboutissants du parcours doctoral et même des démarches d'obtention de la carte d'étudiant, et de tout ce qu'elle pouvait servir à faire comme jouer le rôle de portefeuille électronique pour le règlement des frais de restauration. Mais, ce qui retint toute son attention, et poussa l'épouvante à son paroxysme, fut le récit du mystère qui entoure l'obtention du titre de séjour. Impossible d'avoir des doutes, Félix était passé par là et il savait très bien de quoi il parlait.

C'est glacé d'effroi, après ce qu'il venait d'entendre quant à ce qui l'attendait pour compléter ses formalités administratives, qu'il se rendit à la rencontre de son comité d'encadrement. Tant le merveilleux accueil, la bonne humeur et les mots d'encouragement qu'il reçut de ses encadrants, que la présentation précise et étoffée de son contexte et équipe de recherche, ne purent le ragaillardir ni détourner ses pensées de la cruauté des démarches que l'administration exigeait de lui. Il réussit tout de même à se concentrer suffisamment pour comprendre brièvement ce qui était attendu de lui à court et moyen terme : une revue détaillée et rigoureuse de la littérature qui entoure la problématique de recherche à lui soumise ainsi qu'une analyse poussée et documentée de tous les artéfacts considérés jusqu'ici par l'équipe ou à considérer. Mais, avant tout ça, il devait se défaire de toutes ses exigences administratives.

Pour Rahim, la pilule était difficile à avaler : étant donné tous les formulaires qu'il avait remplis depuis le début de sa candidature à l'Université et tous ceux complétés et générés par cette dernière en réponse, l'administration française avait largement de quoi lui octroyer un statut légal sur toute la durée de son séjour de recherche. Toutefois, elle le contraignait à aller se geler les burnes de 2 h du matin à 9 h, sous une température oscillant entre -10 °C et -5 °C, pour, aucune autre raison ne lui paraissait justifiable, voire compréhensible, bien qu'il prenne conscience que ce statut était une faveur qu'il se devait de quémander, voire supplier et même implorer, en faisant le sacrifice de sa santé, de son corps, de son bien-être. Il fallait se montrer digne pour mériter ce séjour, et sa seule compétence, son seul parcours scientifique et technique, sa seule expérience, son seul savoir ne suffisaient pas.

Tant de demandeurs et une si petite fenêtre de temps pour les recevoir ! À moins d'être dans la première trentaine des présents, le demandeur pouvait être certain de ne pas être reçu, et se retrouver ainsi obligé de revenir le jour d'après. Rahim, lui, était sûr d'une chose, il ne pouvait se le permettre. Selon les dires de Félix, la demande devait être déposée au minimum deux mois avant l'expiration du visa, au risque de se retrouver « sans-papiers », et par conséquent exclu de toute interaction sociale et de toute activité, traqué et passible d'une OQTF (Obligation de Quitter le Territoire Français), sans autre forme de procès. Lui, le jour de ses premiers pas à l'UNIVERSITÉ, était déjà à un jour du délai de dépôt. C'est pour cette raison qu'il était rentré très tôt ce jour-là, qu'il s'était restauré, douché et couché ce soir-là, qu'il s'était mis en route cette nuit-là et qu'il était là, dans ce froid et cette obscurité, à attendre. Par chance, toute cette précipitation n'avait pas été vaine : il était dans le top 20 et pouvait donc nourrir l'espoir d'être reçu !

Malgré tout l'inconfort et toute la gêne que cette situation faisait naître en lui, Rahim dû s'y résoudre, et ce fut le pire moment de sa vie !

Jamais,

il n'avait eu si peur, seul dans ce train,

marchant seul dans cette obscurité,

au milieu de ces gens dont il ignorait tout,

à attendre dans cette obscurité que quelqu'un

veuille bien ouvrir cette immense barrière,

si froid, malgré toutes les couches de pantalons, chaussettes, caleçons, pulls, gans et bonnets,

si mal, tant intérieurement qu'extérieurement,

sans pouvoir faire autre chose que rester et attendre.


Maintes fois, il voulut renoncer, mettre un pied à l'étrier et retourner à sa vie d'avant. Comment pouvait-il renoncer à tout ce que lui promettait sa vie d'avant pour venir dépérir de souffrance à la quête d'un sésame afin d'avoir le droit de mettre à profit son expertise au service de la recherche scientifique ? Qu'avait-il vraiment à y gagner pour y sacrifier sa fierté, sa santé, sa pugnacité ? Qu'a la recherche occidentale de si précieux à l'offrir pour exiger tant et autant de lui ? Pourtant, il s'était engagé, il avait promis à tant de gens qu'il ne renoncerait pas, qu'il irait jusqu'au bout, qu'il ne lésinerait pas. Il allait, il devait, il se devait de découvrir et de s'approprier ce qui méritait et exigeait tant de sacrifices et d'humiliation.

La dame qui le reçut ce jour-là était certes très sympathique, accueillante et drôle, mais Rahim était trop exténuée et frigorifiée pour s'en rendre compte. Il n'avait qu'une seule envie : se débarrasser de sa paperasse et courir se réfugier dans un lit chaud, radiateur à fond. Il eut beaucoup de peine à s'asseoir et se résigna à rester debout, tout grelottant.

Il faillit exploser de colère lorsque la dame déclara ne pas comprendre lorsqu'à la question de savoir ce qui l'amenait il répondit : « Je souhaite introduire une demande pour un titre de séjour portant mention "passeport talent chercheur". ». Comment pouvait-elle avouer ainsi son incompétence et son ignorance ? C'était à elle, mieux qu'à lui, de connaître tous ces artifices mis en place par l'État pour ségréger les étrangers présents sur son territoire. Elle lui proposa l'établissement d'un titre de séjour étudiant, mais il refusa tout net. Comment aurait-il pu justifier un emploi régulier et rémunéré de chercheur avec un titre de séjour étudiant qui n'autorise qu'une vingtaine d'heures de travail par semaine ? Heureusement, Félix lui avait tout expliqué ! Qu'aurait-il fait s'il n'avait pas eu la chance de l'avoir comme compère de thèse ?

Il prit quelques minutes pour stabiliser sa respiration puis ouvrit son attaché de caisse d'où il sortit une liasse de papiers. Les parcourant tout doucement, les doigts tous engelurés par le froid intense dans lequel il avait passé des heures, et sous le regard narquois de la jeune dame qui avait cessé de sourire, il tira l'original de sa convention d'accueil, qui précisait les conditions de son séjour et de sa cotutelle de thèse de doctorat, et le remis à son interlocutrice. Toutefois, à son regard interrogateur et sa mine serrée, il comprit que c'était la première fois qu'elle consultait de telles clauses d'admission d'un étranger. Elle s'excusa et alla s'enquérir auprès de son supérieur quant à la nature et à l'usage de ce qu'elle tenait. Quelques minutes plus tard, elle revint, à nouveau souriante, et s'excusa en se présentant comme une intérimaire, affectée à ce poste depuis peu, en remplacement d'une collègue alitée. À partir de ce moment-là, elle ne s'exprima qu'avec vouvoiement et s'attela à décharger Rahim de cette exigence administrative dont elle l'imaginait las, au vu de sa mine.

À peine avait-il achevé cette procédure qu'il se retrouvait contraint d'en initier une autre similaire, cette fois-ci pour avoir le droit de conduire des travaux de recherche sur le territoire canadien. En effet, l'exercice de l'activité d'étudiant au Canada est conditionné par l'obtention d'un permis d'étude valide sur toute la durée du séjour. Il s'agissait ici d'un permis d'étude et pas d'un permis de travail car le doctorant chercheur est considéré au Canada comme un étudiant boursier et pas comme un travailleur salarié. Heureusement, cette fois-ci, la procédure était certes complexe, mais elle se faisait en grande partie via internet, sous la chaleur de sa couette, avec la promesse du permis d'étude délivré à l'aéroport, au moment de son premier arrivé. À chaque fois que sa présence physique était nécessaire, un rendez-vous précis lui était attribué, à sa convenance, avec l'assurance d'être reçu pour peu qu'il se présentât à l'heure convenue.

## Qui dit thésard entrant
## dit thésard sortant !

« S'entretenir avec les gagnants pour identifier ce qui fait leur force et contribue à leur victoire ; s'entretenir avec les perdants pour identifier ce qui se met en travers de leur succès, constitue leur erreur et mérite d'être ajusté. », telle est la devise de tout polytechnicien qui s'apprête à se lancer sur un champ de bataille, les erreurs remontées étant, sans aucun doute, les plus précieux enseignements. Rahim savait donc qu'il avait le devoir d'échanger avec la génération sortante de doctorants, ainsi qu'avec la vieille génération, avant de se lancer à corps perdu dans sa nouvelle aventure, et c'est ce qu'il fit à chaque fois que l'occasion se présenta, le plus difficile étant à ce moment-là de surmonter sa hâte de finaliser ce si long cycle de recherche, au même titre que son interlocuteur.

Ainsi, Jérôme, juste après sa soutenance de thèse en calculabilité et analyse des complexités, lui dévoila, avant de convoler en justes noces, la hiérarchisation des voies et moyens de vulgarisation des contributions scientifiques, avec en tête de liste les journaux classés selon leur indice et les conférences internationales classées selon leur rang ; A pour les plus importantes, B pour celles de rang intermédiaire et C pour celles de rang moyen. Il lui expliqua également le mystère des séminaires et l'intérêt d'y assister et surtout, autant que possible, d'y participer. Un séminaire, des mots de Jérôme, est une occasion de rassemblement de chercheurs spécialisés dans un domaine donné afin de faire part d'avancées et de construire, voire entretenir, son réseau. Il s'agit d'un moment unique au cours duquel une avancée ou contribution est présentée par un ou plusieurs intervenants puis analysée et débattue afin de s'en imprégner, de la challenger et même d'en extirper des perspectives prolongeables ou généralisables. Pour celui qui expose sa contribution, le séminaire est une occasion unique d'exercice de vulgarisation en prélude à une conférence ou à une soutenance. C'est également l'occasion d'identifier des omissions, des hypothèses peu ou mal justifiées, des perspectives et même des pistes de collaboration, surtout sachant que le ticket d'entrée n'est pas aussi exigeant que pour une conférence ou un symposium par exemple.

Laurent, lui, avait marqué les esprits en challengeant frontalement son directeur de thèse lors de sa soutenance. Ce dernier avait tenté d'altérer, selon ses dires, la réponse qu'il avait fournie au questionnement d'un examinateur et s'était complètement planté. Laurent ne l'avait pas laissé terminer. Il l'avait interrompu, avait reprécisé sa réponse en contredisant sans détour ce que son encadrant venait d'affirmer. Avait alors suivi une séquence d'altercations duquel Laurent était méthodiquement sorti vainqueur. En échangeant avec lui, Rahim saisit ce jour-là la leçon la plus importante de son parcours doctoral : sur son sujet de recherche, l'encadrant d'un doctorant n'est pas un leader, mais un accompagnateur ! Bien plus, s'il est nécessaire de désigner un leader, alors ça doit incontestablement être le doctorant. Ce dernier a le devoir et la responsabilité de se saisir de son sujet et de prendre les devants de la conduite de ses travaux de telle sorte que personne ne puisse être en mesure de contredire ce qu'il affirme. Il est nécessaire ici de prendre conscience de la différence entre affirmer une assertion, la suggérer, la supposer et admettre son ignorance ou son incompétence. L'éthique scientifique oblige à toujours admettre son ignorance ou son incompétence, à chaque fois que tel est le cas. Lorsqu'aucune démonstration logique ne peut contredire une assertion, alors il est toujours possible de la supposer ou de l'infirmer, même s'il s'agit d'un axiome ou d'une observation empirique. Il s'agit là d'une hypothèse. Toutefois, le devoir du scientifique est de toujours énoncer formellement ses hypothèses et de s'assurer que tout interlocuteur en soit conscient avant tout exercice de raisonnement. L'affirmation, en revanche, se doit d'être indéniable.

Rahim fit la connaissance de Thomas au moment où il amorçait sa dernière année de thèse. Il venait de s'inscrire pour la quatrième fois en thèse de doctorat en cotutelle franco-québécoise, étant donc à l'autre extrémité du chemin sur lequel Rahim venait à peine de s'engager. C'était donc le parrain parfait, étant donné qu'il avait bravé toutes les embûches qui se dresseraient tout au long de son parcours doctoral ! Il avait décidé, malgré trois années de thèse exceptionnelles, de prendre une dernière année afin de rédiger méticuleusement et patiemment son mémoire. Il avait également quelques articles à finaliser. Il lui conta le parcours typique d'un doctorant en cotutelle franco-québécoise, notamment les points de divergence entre les parcours doctoraux français et québécois. Un doctorant en cotutelle franco-québécoise est considéré par chacune des Universités de tutelle comme un étudiant à part entière de cette dernière. Il est donc sujet à toutes les démarches, examens et exigences académiques propres aux étudiants de chacune des institutions. Son parcours se doit d'être scindé en deux parties rigoureusement égales : une période de séjour au sein de l'Université française et une période équivalente de séjour au sein de l'Université québécoise. Pour Thomas, lors de son séjour au sein de l'Université française, le doctorant doit se concentrer au maximum sur ses activités de recherche et de rédaction. Ainsi, au moment de séjourner au sein de l'Université québécoise, il lui sera plus facile de se concentrer sur la satisfaction des exigences académiques des Universités nord-américaines qui, elles, sont beaucoup plus contraignantes : il doit notamment préparer et soutenir son examen pré doctoral[1], préparer et soutenir sa proposition de thèse[2] ainsi que prendre part à plusieurs unités d'enseignement créditées. Son comité d'encadrement est également équitablement constitué de parties de chacune des institutions, chacune ayant le même

---

[1] Examen au cours duquel l'étudiant est amené à démontrer un niveau adéquat de connaissances générales et la capacité d'établir des liens entre ces connaissances pour les utiliser dans la résolution de problèmes.

[2] Examen au cours duquel l'étudiant est amené à décrire son projet de recherche devant mener à la thèse et à démontrer une aptitude à réaliser ce projet de manière autonome. Ceci passe par la rédaction d'un document décrivant le projet de recherche et abordant le contexte, la problématique, la méthodologie, les résultats attendus, le plan de travail, l'état des connaissances, le tout appuyé par une bibliographie. Une présentation orale du projet devant un jury est également exigée.

poids ainsi que le même pouvoir discrétionnaire. Le doctorant a donc l'obligation de toujours œuvrer afin de contenter les deux parties, assurer une convergence et éviter les dissensions, au risque de devenir la pièce à sacrifier d'un jeu d'échecs où rien n'avance plus.

Thomas révéla à Rahim plusieurs astuces pour garantir la convergence. La première et la plus importante, qui reste nécessaire même dans d'autres circonstances, est de toujours tout noter, tout synthétiser et tout faire valider. En effet, il est difficile pour une partie de revenir sur ce qui figure dans un compte rendu qu'elle a validé. L'idée est donc, à l'issue de chaque séance de travail, de synthétiser les points abordés et de les soumettre à l'approbation des parties aussitôt, pendant que les idées sont encore fraîches, afin d'obtenir une validation formelle. Ceci permet également de conserver un fil conducteur à mesure des échanges, d'unifier la formalisation des concepts et de garder une trace de tout ce qui a déjà été évoqué. Une autre astuce très importante consiste, pour le doctorant, à prendre les devants de la conduite de son sujet de recherche. Ceci passe notamment par le fait (i) de toujours éclairer, avec des arguments en faveur et en défaveur, les points qui nécessitent une décision, et (ii) de toujours proposer une décision par défaut. Le but ici est de favoriser la prise de décisions basées sur des faits par opposition aux émotions, aux opinions ou aux appréhensions. Étant donné qu'une décision par défaut justifiée est proposée et que toutes les autres décisions possibles sont éclairées, les parties prenantes ne vont intervenir que si elles estiment réellement avoir quelque chose de constructif à apporter. Bien plus, étant donné que le fait de ne pas intervenir revient à valider la décision par défaut, toute partie estimant avoir un argument constructif à apporter se sentira contrainte d'intervenir.

Un élément important, pour favoriser la convergence, est de mettre en avant au maximum ce qui unit plutôt que ce qui divise. Ainsi, avant chaque séance de travail conjointe, le doctorant se doit de mettre à disposition une synthèse des points où un accord a déjà été trouvé. De plus, les premiers points à l'ordre du jour, après la lecture du compte rendu de la précédente séance qui a déjà été conjointement validé, doivent être les points pour lesquels un accord est aisé à obtenir. L'obtention d'un consensus pour ce qui a trait aux points durs en sera plus aisée, car perçus comme une minorité au regard de la proportion des points de convergence. Il faut en revanche prendre garde d'achever une séance de travail conjointe sur un point de divergence. En effet, dans la grande majorité des cas, c'est l'expérience finale qui définit, dans notre mémoire, le souvenir d'un évènement passé. Si le dernier point à aborder risque de ne pas déboucher sur un consensus, il est préférable de le reporter. Si en revanche il a déjà été abordé et qu'aucun consensus ne semble pointer à l'horizon, il est préférable de mettre en avant le consensus selon lequel le point doit être creusé ou analysé plus en profondeur, et initier, pour finir, un point, une discussion ou un échange informel qu'on sait source de convergence ou, à défaut, un rappel tactique de ce qui a déjà été convenu de commun accord.

Le meilleur moyen pour s'assurer le concours de quelqu'un et notamment sa participation à la défense d'un intérêt qui n'est pas vraiment le sien est de lui être sympathique, et quoi de mieux qu'à travers des petits services rendus et une reconnaissance largement exprimée. Le comité d'encadrement n'échappe pas à cette règle, des dires de Thomas. Même si la réussite du projet de thèse apporte quelques avantages aux encadrants, son nom sur un ou deux articles, une thèse de plus à son palmarès d'encadrement, le principal bénéficiaire est sans aucun doute le doctorant. Par conséquent, c'est dans son intérêt de se montrer sympathique afin de faire de sa réussite une cause commune et revendiquée, dont chaque encadrant va s'approprier l'essence et porter à cœur au quotidien. Pour cela, entre correction de copies, dispensation de travaux dirigés et travaux pratiques, test d'outils, revue d'articles, qui contribuent de prime abord à la formation du jeune chercheur, le doctorant dispose de tout un éventail de sollicitations auquel répondre présent et même, mieux encore, proposer son concours, dans la mesure du possible, et qui contribuent par la même occasion à faciliter le quotidien de ces enseignants-chercheurs sursollicités.

En échangeant avec Thomas, Rahim découvrit également l'intérêt des logiciels de gestion de références bibliographiques à l'exemple de Zotero[3]. Ces derniers permettent d'établir, trier, partager et exploiter des listes de références bibliographiques (articles, livres, sites web…) de recherche. Le conseil de Thomas était de noter toutes ses lectures dans un logiciel de gestion de références bibliographiques afin de conserver une synthèse intemporelle de l'état de l'art réalisé, exploitable à tout instant. Bien plus, même les discussions, constats et découvertes réalisés à la suite des présentations se doivent d'être synthétisés au sein de l'outil afin d'alimenter l'analyse de l'état de l'art, à chaque fois que celle-ci serait nécessaire.

---

[3] https://www.zotero.org/

# Chambre->Train->Bus->Labo ->Bus->Train->Chambre !

Se battre contre un ennemi visible, Rahim pouvait encore. Résoudre un problème mathématique complexe, Rahim savait encore. Mais se battre contre l'invisible solitude, qui faisait apparaître chaque jour sous son mauvais jour, ça Rahim en était incapable ; incapable même de se rendre compte jusqu'à quel point cette solitude le rongeait ! C'est lorsqu'il put enfin se créer une routine quotidienne qu'il prit pleinement conscience d'à quel point la solitude pouvait être pesante. Seul dans son quotidien, il s'était défini au fil des mois une routine stricte qui contribuait encore plus à accentuer la solitude. Cinq minutes avant que son réveil ne sonne, il était déjà éveillé, songeant aux plaisirs des bras de sa dulcinée abandonnée, même si déjà son souvenir se voilait, s'amincissait, se tordait. Si la sonnerie de son réveil était celle-là qui le décidait à s'arracher du lit, son horloge biologique s'était configurée bon gré mal gré de façon à prendre les devants pour ce qui était de le saisir des bras de Morphée. C'était sans doute moins douloureux pour sa psyché, que son organisme initie une séparation douce, plutôt que la violence répétée de l'éjection imposée à chaque sonnerie du réveil matinal. L'ingénieuse plomberie occidentale lui permettait certes, après son réveil, de se baigner sous une pluie limpide et douce, moment de pur délice, mais le froid torride qui se saisissait de lui, dès qu'il franchissait le paillasson de la villa où il avait élu domicile, lui ramenait à la dure réalité d'un hiver infernal.

Oh qu'elle était belle cette brise qui le caressait ces matins enchantés des sept heures camerounaises, emplies des chants d'oiseaux et des odeurs de beignets tout juste rôtis à l'huile. Seul dans ces sept heures sombres du rude hiver occidental, Rahim prenait conscience de ces bonheurs d'autrefois qu'il ne ressentait pas vraiment, dont il n'était pas vraiment conscient, qu'il occultait, préoccupé qu'il était par son devenir. Du bus au train au bus, où était cette familiarité, cette chaleur des clandos et taxis qu'il empruntait d'antan pour se rendre d'abord à l'école puis en entreprise ? Il empruntait certes des instruments qui eux étaient chauffés, mais à l'intérieur desquels ne se dégageait ni chaleur humaine ni humanité chaleureuse. L'humain était froid, du froid qui n'accepte ni ne donne aucune salutation chaleureuse et fraternelle, aucun regard d'attention et de compassion, aucun sourire de bienvenue ni d'au revoir, aucune parole d'écoute ni de révélation !

Aux côtés de combien de personnes différentes s'était-il assis au cours de ses trajets ? Sans doute des milliers. Avec combien avait-il échangé un sourire, un regard ou une salutation ? Aucun, et ce n'est pas faute d'avoir essayé. À ses tout débuts, laissant libre cours à ses habitudes, il avait pris les devants tout naturellement, à de nombreuses reprises. Mais le regard était suspect, insistant il faisait peur et rendait nerveux. La salutation quant à elle inspirait une intention cachée, un besoin de prendre ce qui était acquis et revendiqué, un besoin à assouvir. Lorsqu'encore, celui qui l'adressait était un nègre à l'accent étranger, le regard n'osait se poser ou se détournait du parasite ! L'Université n'était pas en reste. En dehors de son cercle restreint, constitué de ses compagnons de bureau et des membres de son comité d'encadrement, quasiment toutes les salutations adressées ne recevaient que très peu d'attention. À de nombreuses reprises, Félix, au regard de l'air abattu de son compagnon après un râteau, l'avait invité à renoncer à sa courtoisie innocente, mais ce n'est que bien plus tard que Rahim finit par s'y résoudre. Comment un bonjour adressé avec une révérence à peine voilée, par un collègue dont on sait tout des qualifications et des aspirations, peut-il laisser place à une attitude des plus nauséeuse ? Pour des interlocuteurs qui ignorent tout sur tout, pourquoi pas ? Mais pour ceux qui partagent le même parcours, la même ambition et le même quotidien, difficile de construire un argumentaire défendable. C'était peut-être dû à la notoriété de son école d'origine, finit par se convaincre Rahim.

Il est vrai que l'École Nationale Supérieure Polytechnique de Yaoundé au Cameroun ne jouissait alors pas, et ne jouit pas toujours, d'une énorme renommée internationale. Pourtant Rahim était extrêmement fier et jaloux du parcours de formation qu'il y avait mené. Tout au long de ses années de collège puis de lycée, il s'était forgé le désir ardent de devenir ingénieur, et quoi de mieux pour y arriver que de passer par la meilleure école d'ingénieurs du triangle national. Rahim s'était, à ce moment-là, laissé dire que cette illustre institution jouissait d'une élogieuse image de marque dans toute l'Afrique et qu'elle rivalisait de popularité avec toutes les grandes écoles du monde. Comment pouvait-il en être autrement pour cette école instituée par l'administration française au sein de l'Université de Yaoundé et qui, jusqu'à très récemment, n'avait eu à sa tête que des fonctionnaires de l'État français ? « Le monde, en général, et la France en particulier, est très frileux des diplômés de Polytech ! » s'était laissé dire Rahim à de nombreuses occasions. C'est donc avec détermination qu'il s'était dévoué à se faire une place dans ce cercle restreint. Y entrer ne fut pas une mince affaire ! Il lui fallut 15 mois de préparation acharnée, après son diplôme de fin d'études secondaires, et deux tentatives, pour se frayer un chemin jusqu'aux bancs de l'illustre École. Ce fut certes un sacré acharnement, mais en définitive, ce ne fut qu'une balade de santé comparé à tout ce que l'École lui imposa comme labeur afin de le compter parmi ses diplômés. Comment pouvait-il s'imaginer alors, en concluant la réussite de sa vie au travers d'une exaltante et éreintante soutenance, que l'acharnement dont il avait fait preuve ne constituerait pour d'autres qu'un prétexte de raillerie ?

Au-delà de l'impact émotionnel dévastateur, la routine faisait également place, au grand désarroi de Rahim, à une surcharge pondérale qu'il devenait de plus en plus difficile d'ignorer. Pourquoi était-il plus compliqué de garder la ligne ? Lui qui avait toujours réussi à rester svelte ! Le miroir semblait de moins en moins renvoyer une image admirable de sa personne. Puis, vint un moment où il se retrouva dans l'incapacité de se mettre le moindre des vêtements qui l'avait accompagné dans son périple, depuis le Cameroun. Ils ne constituaient certes qu'une tierce partie de sa garde-robe, le plus gros stock ayant été égaré au moment de son arrivée, en même temps que sa valise ainsi que l'entièreté des bons petits plats concoctés par sa maman, mais ils faisaient sa joie. Les arborer était pour lui une occasion unique de se connecter à ce passé qui, déjà, paraissait très lointain. Ne plus pouvoir le faire signifiait pour lui tirer un trait sur ses bonheurs d'antan, renoncer à ce qu'il était pour laisser place à un devenir peu reluisant, voire sombre et glacial, empli de solitude. Dès lors, Rahim sonna le glas et se décida à apprendre l'art de se mouvoir à vélo.

Déjà, le printemps déferlait ses doux rayons de soleil sur une nature las de fraîcheur. Les arbres se recouvraient de leurs plus belles parures et les oiseaux tutoyaient, de leur chant agréable, la ventilation mécanique contrôlée dont le ronronnement permanent avait perdu tout charme et toute assurance. Rahim avait échangé la brutalité du réveil électrique contre le doux chant des oiseaux. Aux murmures des invisibles créatures, il répondait par un éveil spontané et décidé. C'est donc à chaque fois, résolu à découvrir la source de ces appels des plus enivrants, qu'il enfourchait son vélo, casques, coudières et genouillères en place, pour se lancer sur les sentiers de la forêt domaniale de Sénart. Toujours, l'objectif restait le même : débusquer, non, découvrir, non, faire la connaissance, de ces compagnons d'infortune, ses compagnons, les seuls à lui adresser une salutation sans que celle-ci soit une réponse à un bonjour de sa part ou le préalable à une sollicitation. Il leur devait bien ça, se lancer à leur rencontre, eux qui agrémentaient ses quotidiens en repoussant au loin, le temps d'un instant, cette solitude qui maintenant faisait partie intégrante de son existence. Pédalant à vive allure, il se voulait courir à leur rencontre, voler vers leur perchoir, mais toujours ils se tenaient au loin, le repoussant, inaccessibles. Oh qu'il aurait voulu les serrer dans ses bras, tout leur dire, se confier sans gêne aucune. Leur parler de ses encadrants qui refusent d'écouter, de l'écouter, de ces vœux pour sa thèse qui déjà s'éloignent, s'amincissent, meurent, face à ces guides assourdissants, de ce vide dans son cœur, de cette compagnie aérienne qui a réduit à une pitoyable rétribution pécuniaire sa précieuse garde-robe, ses plus beaux souvenirs, les derniers, les mets les plus succulents de sa maman, concoctés avec amour et dans les larmes, qu'il n'avait pas eu l'occasion de goûter…

Puis, un jour, malgré qu'il se fût couché très tard cette nuit-là, après avoir finalisé la rédaction d'un article, il se décida tout de même, une fois de plus, aux premiers chants des oiseaux, à enfourcher son vélo. Dans la forêt, pédalant de toutes ses forces à la poursuite de ceux-là qui, maintenant, étaient ses amis, Rahim sentit son cœur battre la chamade, puis, soudain, plus rien ! Il s'était évanoui, seul, au cœur de cette forêt, par cette matinée fraîche et ensoleillée. Combien de temps était-il resté inconscient, gisant sur ce sol humide ? Nul ne pouvait le lui dire ! Si sa vie s'était arrêtée là, sur cette chute, qui s'en serait préoccupé ? Probablement personne d'assez proche et d'assez prêt pour savoir que c'était dans cette forêt qu'il pouvait, qu'il devait se trouver en cette matinée. Qui pouvait-il appeler pour courir à son secours ce jour-là, à cet instant-là ? Personne ! Oui, personne, et ça, c'était le comble ! Il était temps de regarder la vérité en face et d'arrêter de poursuivre des chimères. S'accrocher au passé n'était plus une option, il en valait de sa survie.

# S'ouvrir, sortir, faire des rencontres

S'entourer ! Désormais, ce n'était plus une option, mais une nécessité.

« Mais comment se le permettre alors qu'il faudra bientôt partir ? », s'interrogeait Rahim en sondant, bien malgré lui, les réseaux sociaux. Il était convaincu en effet que la durée et l'intermittence de son séjour en France, imposées par l'aspect cotutelle de sa thèse de doctorat, ne favoriseraient pas l'établissement de relations sûres et sérieuses. Toutefois, s'il réussissait à retrouver des camarades, des amis ou des connaissances, ayant eux aussi emprunté la voie de l'expatriation, la réactivation et le renforcement des liens seraient envisageables et de plus, peu sujets aux caprices du temps. Était-ce là une excuse pour s'éviter la nécessité de devoir s'embarquer dans la difficile expérience des nouvelles rencontres ? Par un habile et mystérieux stratagème, Rahim réussit à ne jamais laisser l'occasion à son esprit de formuler un avis relatif à cette interrogation. Toujours, la célèbre assertion « minimum d'efforts pour maximum de bénéfices » s'incrustait dans la réflexion pour annihiler tout projet de remise en cause.

Les réseaux sociaux, malgré tout le dédain qu'il éprouvait à les solliciter, furent un excellent moyen pour identifier ceux-là qui avaient fait partie, de près ou de loin, de son cercle d'amis ou de connaissances et qui maintenant résidaient sur le territoire de la région Île-de-France. Dès lors, Rahim ne se laissa plus prier pour s'inviter aux schillings et autres rencontres. Il instigua même à de nombreuses occasions des dîners et sorties entre amis. Mais, à aucun moment, il ne sentit se combler le puits de solitude qui envenimait son existence, jusqu'au jour où il fit à nouveau la rencontre de Rachelle ! Il ne s'était jusque-là pas rendu compte que son cœur avait besoin d'intimité et de présence féminine, mais pas n'importe laquelle, de sa présence à elle !

Lorsqu'il la vit ce jour-là, lorsqu'il chemina à ses côtés, sa seule présence suffit à apaiser tant le chagrin que les angoisses que toutes les discussions nocturnes avec Sarah n'arrivaient plus à éclipser. Il avait fait sa connaissance pour la première fois quelques années auparavant, lorsqu'elle avait rejoint la filière génie industrielle de l'École Polytechnique, à la suite d'un concours d'admission en troisième année de formation. Elle avait ainsi rejoint la même promotion que Rahim et s'était forgé une renommée en occupant le premier rang sur vingt-cinq à l'issue des épreuves de l'examen d'entrée. Sa réputation était telle qu'elle s'était vu proposer de rejoindre le cercle très restreint des étudiants employés par la startup californienne CARL, au même titre que Rahim, offre qu'elle avait, au grand désarroi de Rahim, déclinée car décidée à se donner corps et âme à sa réussite académique. C'est donc sans grande surprise qu'elle avait terminé majore de la promotion des ingénieurs diplômés en génie industriel et qu'elle avait rejoint, tout de suite après, un programme français de Master en Mécanique.

Et maintenant, lui était là, assis dans ce train, filant à sa rencontre. Plus rien n'avait d'intérêt. Ni les entrées et sorties des sempiternels affairés dont il avait toujours envié et même quémandé l'attention sans grand succès, ni les gares et leurs lots d'empressés, ni les vastes paysages qui se mouvaient à tue-tête au dehors, non, plus rien. Tout son être était centré sur une seule chose : la rencontre à venir ! À quoi pouvait-elle bien ressembler maintenant ? Une écolière ? Une princesse ? Une déesse ? Une chose était sûre, sa voix, elle, n'avait pas changé.

Elle l'avait contacté quelques jours auparavant, après qu'il s'était décidé à rejoindre le groupe WhatsApp des ingénieurs polytechniciens de sa promotion expatriés en France, disait-elle, parce qu'elle avait besoin de son aide pour un devoir de classe. Quels allaient être les contours de son intervention ? Elle avait été incapable de le lui dire. Dans d'autres circonstances, jamais il n'aurait accepté de se rendre disponible aussi spontanément et avec si peu de contexte. Mais voilà, elle l'avait invité chez elle, pour l'aiguiller toute la nuit afin qu'elle finalise son devoir, et ça avait suffi à tout son être pour être en exalte, une semaine entière ! Les discussions avec Sarah, elles, n'éclipsaient plus sa solitude que le temps de l'appel. À certains moments même, c'est à peine s'il prêtait attention à ce qu'elle lui disait durant de longues heures, et aux réponses, toutes faites, qu'il retournait, bon gré mal gré. Il avait en revanche suffi de moins d'une minute d'échange avec Rachelle pour que, soudain, son esprit se revivifie, l'air devienne plus respirable, ses souffles plus courts, et ses pensées plus enjolivées. Il ne s'était pas autorisé le temps d'une réflexion. Il n'avait pas demandé ne serait-ce que quelques tierces pour évaluer la disposition actuelle des tâches dans son agenda. Propulsé par un torrent d'émotions, il avait répondu par l'affirmative. Non, pas lui, tout son être avait crié à l'unisson, sans qu'il sache vraiment pourquoi. Ou, peut-être qu'il s'interdisait d'y songer, pour ne pas s'infliger les remords d'une trahison, pour ne pas s'affliger alors que, après tout ce temps et tout ce tumulte, il commençait enfin à goûter à nouveau au bonheur.

« Merde, je serai en retard ! », s'exclama Rahim avant de sursauter en voyant tout le monde se tourner vers lui. Empli de colère et d'angoisse, il avait dit tout haut ce qu'il croyait penser tout bas ! Son train, après un ralentissement inopiné entre deux gares, était à l'arrêt pour une durée indéterminée, et ce, depuis une vingtaine de minutes déjà. Il croyait pourtant s'être accordé suffisamment de marge, en dédiant toute la journée à la préparation de ce rendez-vous ! En effet, après sa promenade en forêt ce matin-là, il s'était senti si stressé et si anxieux qu'il s'était limité à prendre un bain, repasser ses vêtements, faire son sac et attendre l'heure fatidique. Il était tel un petit enfant à qui on avait promis une sucette ! Il avait étudié minutieusement son trajet et pris ses dispositions de manière à s'assurer une avance d'une trentaine, voire quarantaine de minutes. En effet, non seulement il ne souhaitait pas être en retard pour ce premier rendez-vous, mais il tenait à la voir venir, à décrypter sa démarche, à la distinguer et la reconnaître au milieu de la foule, et surtout à s'articuler de manière qu'elle l'aperçoive sur son plus beau jour, avec sa plus belle posture.

Mais là, tout était à l'eau ! Impossible de savoir quand le train repartirait. Il tenta de la joindre pour s'excuser, mais sans succès ; elle était hors connexion. Alors, comme revenant à lui, il s'interrogeât quant à sa lucidité et à la véracité de toute cette aventure. Peut-être la conversation qu'il croyait avoir eue n'était qu'un rêve, une machination de son esprit pour assouvir ses soifs l'espace d'un instant ! Elle ne lui avait pas communiqué l'adresse de son domicile, juste le nom d'une gare qui, disait-elle, était la seule suffisamment proche de ce dernier. Il pouvait très bien l'avoir inventé ! Et si c'était un canular ? Un piège savamment ficelé pour le priver de tout et même attenter à sa vie ? Une chose était certaine : c'était logiquement trop beau pour être vrai, mais il était déjà trop avancé dans ce trajet pour rebrousser chemin !

À peine le train amorça-t-il son entrée en gare qu'il l'aperçut. Tous ses doutes, comme balayés du revers de la main, s'estompèrent. À cet instant-là, le quai était suffisamment clairsemé, et elle était là, aussi belle et somptueuse que dans ses souvenirs, lui inspirant les sentiments les plus beaux et un torrent d'appréhensions. Le temps semblait n'avoir aucune emprise sur elle. Allait-elle lui pardonner d'avoir mis si longtemps à venir ? Avait-elle reçu son message vocal d'excuse ? Avait-elle reçu le second message où il lui enjoignait de prouver qu'elle n'était pas une chimère ? Et le troisième où il s'excusait de douter de son existence ? Elle ne semblait pas verte de rage, comme lui quelques heures auparavant. Bien plus, dès qu'elle le vit s'approcher au loin, elle esquissa un délicieux sourire et se lança à sa rencontre. Rahim voulut la serrer dans ses bras et lui souffler les mots les plus doux, mais il dû se contenter, non sans se sentir plus mal, de ses lèvres sur sa joue l'instant d'un soupir. Elle n'évoqua ni son retard ni ses abracadabrants messages. Lui, saisi d'un esprit chevaleresque, se décida à prendre les devants pour s'excuser.

Chemin faisant, à peine avait-il balbutié quelques syllabes qu'il sentit son doigt sur ses lèvres. « Ne te donne pas cette peine, je comprends ! », lui dit-elle sur un ton maternel avant de l'inviter à se mettre à sa suite, prenant ainsi sur elle de conclure ce chapitre une fois pour toutes. Que comprenait-elle ? Qu'il ait pu accuser autant de retard pour une occasion aussi unique ? Ce qui expliquait son retard ? Qu'il ait pu douter de son existence en l'assimilant à une chimère ? Le sentant plongé dans un torrent d'interrogations, elle murmura en esquissant son plus beau sourire, comme pour l'apaiser : « J'ai appris à mes dépens à toujours multiplier par deux la durée estimée d'un trajet sur le réseau public de transport francilien. Tu vas t'y faire. ».

Contrairement à lui, elle ne s'était pas installée dans une magnifique villa ! Elle avait choisi de se faire assigner un carré dans un gratte-ciel de la résidence universitaire, avec le strict nécessaire pour faire son petit bonhomme de chemin. Tout était soigneusement rangé et propre. Le rangement était méticuleusement optimisé afin d'assurer un certain confort sur une toute petite surface. Le soin accordé aux détails et la fraîcheur du lieu confortèrent Rahim dans l'idée que Rachelle s'était pliée en quatre pour faire bonne impression. Cette idée s'était en effet incrustée dans son esprit, lorsqu'il avait remarqué, quelques minutes auparavant, l'esthétique particulière de sa tenue vestimentaire et la qualité de son maquillage. Ça ne pouvait pas être qu'un simple atelier de travail nocturne entre deux compères. Elle avait même concocté un savoureux repas, malgré le stress des examens de fin de semestre. La description qu'elle esquissa par la suite, du déroulé de la soirée ainsi que de la problématique qui l'amenait à solliciter l'assistance de Rahim, réinstaura le doute dans l'esprit de ce dernier et fît passer toutes les attitudes observées jusqu'ici pour un moyen pour Rachelle de s'assurer son soutien et son accompagnement. Une chose en revanche brisât définitivement ses doutes et l'investit à nouveau sur son petit trône de nuages : la chambre était optimisée pour une personne et une seule et n'avait en conséquence qu'un seul lit, d'une place, et rien d'autre de suffisamment confortable pour s'assoupir. Rachelle en revanche, elle, avait conclu son propos en disant : « Il est 22 heures et les transports publics par train cessent de fonctionner à minuit. Le devoir quant à lui doit être rendu demain matin. Il nous reste donc moins de 2 heures pour suffisamment avancer ou alors nous passerons la nuit ici. ». Rahim, lui, savait exactement ce qu'il lui restait à faire !

## Premier succès : Lisbon, me voici…
## un article accepté dans ~~une conférence~~
## un workshop international

Pourquoi Rachelle avait-elle insisté pour être seule et, par la même occasion, annuler leur rendez-vous planifié de longue date ? Il venait pourtant de lui annoncer une énorme nouvelle : l'acceptation de son premier article et son séjour, à venir, à Lisbon au Portugal. Elle savait pourtant qu'il était impossible pour lui, en tant que chercheur, d'exister sans publications. Après se l'être fait marteler à de nombreuses occasions par ses encadrants, Rahim en avait pris l'entière conscience et en avait discuté avec elle à plusieurs reprises, cherchant auprès de son amourette une source de motivation. Il doutait en effet de pouvoir initier son existence de chercheur avant son départ prochain, pour le Québec, à la fin de l'année. Maintenant qu'après de nombreux efforts, il avait enfin franchi ce cap, elle semblait lui en vouloir sans qu'il sache vraiment pourquoi. Lorsqu'il l'avait appelé, juste après avoir consulté le message d'acceptation reçu de l'équipe éditoriale de la conférence, elle avait simplement murmuré en tout et pour tout que l'instabilité n'était pas son fort avant d'annuler leurs retrouvailles qu'il attendait pourtant, depuis longtemps, avec impatience. Qu'avait-elle bien voulu dire par là ? Sa période d'examens, durant laquelle elle avait souhaité être seule pour pouvoir mieux se concentrer, s'était-elle mal passée ?

Pourtant, elle le savait, faire publier son premier article n'avait pas été, pour Rahim, qu'une promenade de santé, loin de là. Il avait tout d'abord rédigé une version longue de l'article qu'il avait soumis pour publication dans la revue principale de la conférence. Pour ce faire, il était nécessaire d'obtenir la validation de tous les membres de son comité international d'encadrement. Il fallut donc jouer la carte de la négociation, et, telle une négociation d'intervention militaire au sein d'une instance plénière du conseil de sécurité de l'ONU, ce fut loin d'être chose aisée. De telles négociations demandent de l'adresse, du tact et surtout de la retenue. Il faut tisser des alliances et faire grandir un consensus autour d'une cause commune. Il faut tenir compte de tous les amendements, et surtout éviter, non seulement l'apposition d'un véto, mais aussi la moindre abstention. En effet, l'apposition d'un véto coupe tout cours l'initiative tandis que l'abstention prive d'un support de choix et fait courir le risque de se retrouver livré à soi-même. Tout se complexifie encore plus lorsqu'on intègre le fait qu'il est presque impossible de faire se réunir tout le monde en présentiel, du fait du décalage horaire, donc très difficile de mettre en œuvre une vraie négociation frontale. À force de patience et au terme de plusieurs lectures, relectures et ajustements, Rahim put enfin obtenir un consensus et procéder au dépôt de l'article pour évaluation par le comité éditorial. S'en suivit alors une longue et stressante période d'attente et d'incertitude ; un véritable calvaire émotionnel que Rahim n'hésita pas à partager avec Rachelle, à chaque fois qu'il en avait l'occasion.

Des mois passèrent, et l'attente finit par être moins difficile, avant de s'estomper pour laisser la place à de nouvelles avancées techniques et à plusieurs expérimentations concluantes et très prometteuses. C'est au moment où Rahim s'y attendait le moins, lorsqu'il renonça à analyser méticuleusement et quotidiennement ses courriels et pourriels, qu'il découvrit par le plus grand des hasards qu'un courriel vieux de deux jours l'annonçait, sans la moindre retenue, le rejet de sa toute première proposition d'article. Le refus était motivé par un amas d'analyses plus ou moins tordues, la plus remarquable étant que la contribution de l'article était très difficile à cerner et trop peu exemplifiée et évaluée, décrite en des termes trop complexes et avec trop peu de hauteur.

Effondré, Rahim se replia sur lui-même. Il n'osât avouer cet échec criant à celle-là avec qui les choses commençaient réellement à être sérieuses, celle-là avec qui il passait des week-ends romantiques à cuisiner de délicieux repas, celle-là qu'il découvrait et redécouvrait tous les vendredis après-midi autour d'un plat exotique dans un restaurant, ou devant une animation 3D au cinéma, celle-là avec qui il se proposait de passer le dernier week-end d'août, près de la mer, à déguster du poisson grillé et des boissons acides. Dire qu'il l'avait sondé quelques jours auparavant, entre deux bouchés de burgers, et qu'elle avait semblé plutôt intéressée par l'idée ! Comment réagirait-elle en apprenant que son petit amour de génie, comme elle aimait si bien le dire, n'était qu'un idiot, pas même capable de rédiger convenablement un article scientifique ? Il pouvait faire une croix sur son week-end en amoureux.

Aussi, lorsque Rachelle demanda à être seule plusieurs semaines afin de finaliser sereinement sa session d'examens, Rahim acquiesça sans rechigner et fit passer sa tristesse pour un émoi faisant suite à sa requête. Mût par une rage indescriptible et conformément aux recommandations de ses encadrants, Rahim rédigeât une version réduite et très synthétique de l'article qu'il soumit pour publication dans la revue secondaire de la conférence, celle consacrée aux workshops internationaux satellites. Cette fois-ci, heureusement, l'article franchit le cap décisif, et, dès réception de la confirmation d'acceptation, Rahim s'empressa d'hurler l'agréable nouvelle à l'ouïe de sa bien-aimée, par microphones interposés.

Il voulait absolument savoir ! Il devait absolument savoir ! Alors il l'appela à nouveau, insista et insista encore, et ce fut un désastre. Cette fois-ci, elle ne se fit pas prier pour tout déballer, et effectivement, la pilule était très difficile à avaler. Son départ prochain pour Lisbon avait ravivé en elle l'éphémérité de ce qu'il semblait susciter à son for intérieur. De ses dires, chaque évocation par Rahim de son séjour de très longue durée au Québec suscitait en elle un ressenti tel un coup de poignard assaini en plein cœur. Toutefois, l'échéance semblait si lointaine encore qu'elle ramenait son ressenti à des piqûres d'horreurs à balayer à tout prix. Le champ des possibles restait vague, et l'espoir d'une renonciation pouvait encore y fleurir.

Hélas, sans le savoir, par la simple évocation de son article accepté et de son départ prochain pour Lisbon, Rahim avait réduit à néant cet espoir et brûlé la seule rose d'épines au milieu de l'amas de ronces. Désormais, il était pleinement lancé dans sa pratique de chercheur, et envisager un retour en arrière n'était plus rien d'autre qu'une simple masturbation de l'esprit. Et maintenant qu'ils étaient rendus là, comment pouvait-il sérieusement lui demander de nourrir l'espoir d'une fidélité et d'une indéfectibilité auxquelles il n'avait pas su se tenir vis-à-vis de celle-là qu'il avait laissée quelques mois plus tôt ? Ne pas renoncer était clairement se voiler la face et vivre une aventure sans lendemain.

# Épilogue

Après un séjour à Lisbon assombrît par une séparation brutale et à l'aspect nauséabonde, le moment est venu pour Rahim d'honorer sa convention de cotutelle en entamant la seconde partie de son voyage, jusqu'à Sherbrooke, au Québec. Il va se retrouver contraint de transiter par les États-Unis avant d'arriver à ~~Chicago~~ Montréal, ce qui va l'obliger à se lancer à nouveau à la conquête d'un visa. De l'hiver, à la française, à l'hiver à la québécoise, Rahim arrivera à Montréal, de nouveau avec une seule valise ! Cruel acharnement du destin, il se retrouvera seul, dans la nuit, à rechercher une rue, puis une maison, au milieu d'édifices tous tapissés d'une neige épaisse et d'une amertume blancheur. Il va découvrir qu'à Sherbrooke, la ville universitaire, il se doit de s'exprimer en ~~français~~ québécois, et que ce qu'il croyait être une continuité est en fait un recommencement : nouvelle université, nouveaux collègues, mais surtout nouvelles procédures administratives et nouveau cursus doctoral avec son lot d'exigences, notamment pour ce qui a trait aux cours ainsi qu'aux examens. Il va également y faire de nombreuses rencontres qui vont structurellement impacter sa façon d'appréhender la vie. Il ne va en revanche pas échapper à cette solitude structurelle que rien ne peut combler si ce n'est l'amour vrai, il va remporter plusieurs victoires scientifiques matérialisées par de nombreuses publications d'articles, ce qui va l'amener à explorer et toucher de près la diversité et la spécificité de nombreuses régions du monde. Il va toutefois, cette fois-ci, subir le racisme systémique dans sa version la plus froide et la plus dure, allant jusqu'à se faire traiter publiquement et vulgairement de parasite et manquant de se faire rouer de coups, à la croisée des chemins. Finalement, laissant derrière lui une riche aventure scientifique, certes pauvre en émotions édulcorées, il va respecter la promesse que Rachelle n'a pas souhaité qu'il fasse et va rentrer lui offrir d'être à ses côtés pour le restant de ses jours, juste après avoir soutenu sa thèse de doctorat, 34 mois après l'avoir débutée.

L'inconvénient d'avoir passé la majeure partie de son existence au contact du non-individualisme est la difficulté à résister au changement de sphère géographique. Ainsi, presque autant qu'il fût difficile à Rahim de se séparer de son tissu relationnel établi au Cameroun pendant et après son départ pour la France, ce fut assez difficile, même si beaucoup moins, de quitter la France pour le Québec. Le recommencement, au-delà de l'aventure, est avant tout une déchirure ! En revanche, à son arrivée à Sherbrooke, Rahim va tout de suite ressentir une baisse significative du poids d'une culture dominante, ce qui s'explique par la caractéristique unique interculturaliste du Québec. En effet, chaque individu qu'il va côtoyer, quelles que soient ses origines, ne va éprouver aucune gêne à laisser s'exprimer son individualité culturelle, tout en y intégrant les éléments essentiels de la culture québécoise (la langue québécoise, le productivisme, le libéralisme, l'émancipation, etc.). Toutefois, Rahim va également découvrir qu'au Québec, comme dans toute culture occidentale, le culte de l'individualisme fait partie intégrante de la vie de tout un chacun, le soi avant tout, ce qui amène les expatriés issus de pays à forte connotation relationnelle à se regrouper en associations. Certaines de ces associations ainsi constituées représentent pour l'expatrié non seulement une entité vers laquelle il se replie pour certains aspects de sa vie, mais aussi un moyen de préserver et d'exprimer certains éléments caractéristiques de sa culture, partagés avec les autres membres. Ainsi, dès son arrivée au Québec, Rahim va rejoindre l'AECUS (Association des Étudiants Camerounais de l'Université de Sherbrooke) qui regroupe les expatriés originaires du Cameroun et étudiants à l'Université de Sherbrooke. Il va également rejoindre un groupe interculturel au sein de l'Université de Sherbrooke. Il va côtoyer au sein de ce dernier, de très près, des ressortissants de multiples pays, chacun apportant son individualité culturelle et fidèle à l'interculturalisme québécois, l'exprimant sans gêne aucune.

# Immigré ?

Est-ce qu'il a quitté son pays, fuyant une misère atroce et une catastrophe insupportable, à la poursuite d'un bonheur lointain et d'une accalmie extérieure ? Non ! Il a candidaté à un appel d'offres afin de mettre à profit son savoir et ses capacités à l'augmentation du capital intellectuel de deux pays en échange d'un diplôme de rang international et d'une initiation méticuleuse aux méthodologies de recherche scientifique. Il a laissé derrière lui une vie agréable et paisible pour affronter la solitude, et par voie de faits, porter les couleurs, tout en défendant l'étendard, du Canada et de la France, sur l'échiquier scientifique mondial. Est-il un immigré ?

*Je suis moi!*

*Je ne me définis pas par ma race, ne le faites pas à ma place!*

*Comme vous, j'ai mes forces et mes faiblesses!*

*Mes forces, ne les revendiquez pas à ceux de ma race, ce sont les miennes et j'en suis fier!*

*Mes faiblesses, ne les imputez pas à ma race, ce sont les miennes, elles sont nombreuses et je les regrette mais j'en assume l'entière responsabilité!*

# Annexe
## Une thèse en ingénierie des exigences : des « Et » et des « Ou » pour structurer vos ambitions

Le déterminisme n'est que très récemment devenu une seconde nature chez l'homme. L'histoire est jonchée d'évènements qui se sont déroulés selon le bon vouloir de la providence. Toutefois, au fil de son évolution et après plusieurs catastrophes, l'homme s'est rendu compte des dangers inhérents à l'aléa. Il suffit, pour se faire une idée, de considérer les nombreux accidents ferroviaires et aéronautiques qui ont ébranlé l'entrée dans l'ère industrielle ; accidents qui ont imposé la création et structuré l'organisation des autorités de certification et d'accréditation dont sont aujourd'hui dépendants ces secteurs d'activités du quotidien.

*Laisser de moins en moins de place à l'aléa nécessite d'aller de plus en plus en profondeur dans la définition des critères et mécanismes de satisfaction des objectifs d'intérêt.*

Les Taxis font aujourd'hui partie du paysage de toute agglomération. Leur existence est une nécessité, en être un conducteur, bien plus qu'une passion, est un défi quotidien. Que faire lorsqu'une panne sèche se signale à mi-parcours du trajet de son client le plus fortuné ? Ce n'est pas quelque chose qui peut arriver de nos jours me direz-vous ! Surtout dans une métropole comme la vôtre avec toutes ces stations-service et surtout cet ordinateur de bord qui prévient d'une panne sèche plusieurs kilomètres avant sa probable survenue. Vous avez raison de le dire ! Mais croyez-le ou non, tel n'aurait pas été le cas si d'autres n'avaient pas décidé de couper l'herbe à l'aléa en faisant du déterminisme leur cheval de bataille. En effet, une fois de plus croyez-le ou non, le positionnement des stations-service dans votre métropole n'est pas le fruit du hasard ! La conception de l'ordinateur de bord d'un véhicule professionnel de transport urbain encore moins. Tout a été macroscopiquement mais pas moins méticuleusement étudié et structuré afin d'éviter de tels déboires aux chauffeurs de taxi.

Vous aussi êtes en mesure de vous imaginer des scénarios de votre vie où tout a été méticuleusement préparé pour assurer la satisfaction d'un objectif déterminé. De la logistique mise en place pour assurer l'approvisionnement permanent des supermarchés aux procédures requises pour transporter des astronautes jusqu'à la station spatiale internationale en orbite autour de la terre.

Le dictionnaire Larousse définit le but comme ce qui sous-tend une action ou constitue un projet. Le but se définit également comme ce que l'on souhaite atteindre ou observer à la suite d'une série coordonnée d'initiatives. Dans sa forme primaire, directement conçue par un esprit humain, le but est abstrait, obscur, lointain et semble très souvent difficilement atteignable. À défaut de se fixer un but plusieurs fois déjà atteint, l'on ne sait jamais vraiment du premier coup la coordination à mettre en branle pour garantir la satisfaction du but que l'on conçoit. Concevoir l'état final est une chose, concevoir la séquence d'états intermédiaires par lesquels passer en est une autre, plus difficile encore.

Pourquoi ne concevons-nous pas le processus de satisfaction de nos buts aussi naturellement que nous concevons ces derniers ? Plusieurs facteurs tendent à expliquer cette tendance :

• **Ce qui impressionne et marque l'esprit c'est le résultat et pas le chemin ; et notre cerveau ne s'efforce qu'à produire ce qui lui semble avoir de l'intérêt** : à moins que l'on souhaite soit même atteindre un but ou que l'on ait essayé de l'atteindre à de nombreuses reprises et de diverses manières, ce qui est spectaculaire dans le récit d'un aboutissement, que ce soit d'un ami, d'une personnalité ou d'un personnage, c'est le but atteint et les bénéfices qui en découlent.

• **La société dans laquelle nous évoluons considère l'échec comme quelque chose de pire encore que l'inertie ; ce qui pousse à ne considérer le processus d'atteinte d'un but que lorsqu'il semble « trivialement » atteignable** : nous passons ainsi le clair de notre temps à rechercher le but idéal (gratification maximale et complexité de satisfaction minimale) ; la réflexion se cantonnant alors à l'énumération des idées accompagnée d'une exploration très rapide ne débouchant que très rarement sur une analyse minutieuse des alternatives de satisfaction.

• **Dans un monde où les compétences sont de plus en plus spécialisées et les idées à fort potentiel d'innovation de plus en plus transverses, identifier une idée tend à être beaucoup plus simple qu'analyser minutieusement tout ce que requiert sa satisfaction** : ce changement de magnitude nous oblige très souvent à nous limiter aux idées, repoussant toujours plus tard l'étape difficile de construction de la mise en œuvre ; surtout en absence d'une méthodologie appropriée à même de supporter cette construction.

Aujourd'hui, l'artéfact grand public le plus vulgarisé pour la structuration des mécanismes de satisfaction des buts est la carte heuristique. Les cartes heuristiques sont des concepts de la psychologie, formalisés vers la fin du 20e siècle par le psychologue britannique Tony Buzan. Ce sont des structures graphiques, schématisées sous forme d'arbres partageant des racines communes, qui représentent l'organisation des liens sémantiques ou hiérarchiques entre différentes idées. Elles ont été conçues afin de matérialiser (imiter) le développement de la pensée. D'après Tony Buzan, ces outils permettent de mobiliser toutes les fonctions du cerveau au moment de la concrétisation d'une idée. Ceci au travers des capacités d'association, de visualisation, de compréhension, de synthèse et de mémorisation de ce dernier.

Rahim se souvient. Lorsqu'il les a découverts, il a très vite eu le coup de foudre. Toutefois, à force de les utiliser, il a fait le même constat que plusieurs avant lui et que plusieurs après lui feront sûrement : la carte heuristique hiérarchise les idées suivant « l'ordre » selon lequel elles contribuent les unes à la satisfaction des autres ; toutefois, elle ne permet pas l'explicitation du type de contribution. A-t-on besoin de satisfaire toutes les feuilles d'une carte heuristique pour garantir la satisfaction de l'idée racine ou suffit-il de satisfaire certaines d'entre elles ? Telles sont les questions auxquelles il est difficile, voire très souvent impossible de répondre lorsqu'on consulte une carte heuristique que quelqu'un d'autre a conçue ou que nous avons conçue plusieurs mois auparavant.

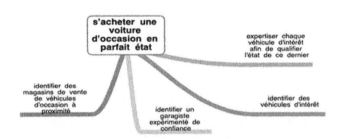

*Figure 1 – carte heuristique pour l'achat d'un véhicule d'occasion*

Une autre préoccupation très présente est celle de savoir comment matérialiser les intervenants dans la satisfaction des nœuds identifiés : les acteurs (humains, mécatroniques, logiciels, etc.) contribuant à la satisfaction des buts. Comment par exemple graver dans le marbre que pour s'acheter un véhicule d'occasion en parfait état, l'on aura besoin :

– **Soi-même** d'identifier des magasins de vente de véhicules d'occasion près de chez soi ;

– **Soi-même** d'identifier un garagiste expérimenté de confiance pour nous accompagner dans notre chasse au trésor ;

– Que **le garagiste** expertise chaque véhicule d'intérêt afin de qualifier l'état de ce dernier ?

Au sein du génie logiciel, cette branche de l'informatique qui traite de la mise en œuvre des systèmes automatisés contrôlés par Ordinateur, un pan entier appelé ingénierie des exigences a maturé, dédié à tout ce qui a trait à l'élicitation des buts, à leur spécification ainsi qu'à l'analyse des mécanismes de satisfaction. Pour sa thèse, Rahim a rejoint une équipe de recherche en ingénierie des exigences, pionnière en la matière, et placée sous la tutelle d'une sommité du domaine en la personne de la Professeure Émérite Régine Laleau. Cette équipe a développé une méthode et un langage, réunis sous l'appellation SysML/KAOS, pour la structuration des stratégies de satisfaction des exigences, fonctionnelles et non fonctionnelles, de systèmes critiques et complexes. SysML/KAOS permet la hiérarchisation des idées/buts sous forme de diagrammes qui sont une généralisation enrichie et robuste des cartes heuristiques.

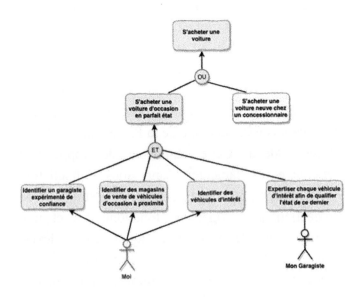

*Figure 2 – diagramme des buts SysML/KAOS pour l'achat d'un véhicule d'occasion*

## Qui dit thésard sortant dit thésard entrant : à bout de souffle, 10 conseils pour un parcours doctoral efficace

- Bien appréhender son sujet de recherche : explorer l'état de l'art sur le sujet, brainstormer et noter tout ce qui vient à l'esprit y relatif, synthétiser, argumenter et partager avec ses encadrants.
- S'assurer de l'implication constante de l'équipe d'encadrement.
- Planifier les étapes de sa thèse ainsi que les moments d'échange, structurer son déroulé.
- Initier et conduire rigoureusement et systématiquement une veille scientifique.
- Valoriser ses travaux de recherche à travers des posters, des articles, des chapitres de livre et même des présentations dans des ateliers et séminaires.
- Bien définir et superviser systématiquement les indicateurs à considérer pour mesurer sa progression : le nombre et la qualité des articles publiés, la

participation/implication dans des évènements internationaux, etc.

- Favoriser et exploiter la critique constructive, des encadrants ou des comités de revue. Le retour négatif d'un comité de revue est un moyen de s'améliorer et de s'assurer une future publication de qualité.

- Toujours noter, tout noter, rédiger régulièrement.

- Discuter régulièrement de ses avancées avec son entourage : collègues, encadrants, famille. C'est le meilleur moyen de favoriser l'élicitation de points d'ombre et de pistes d'amélioration.

- Bien garder à l'esprit que le comportement humain n'obéit pas toujours à la logique. Il est très souvent influencé par des sentiments, des valeurs, des besoins.

Imprimé en Allemagne
Achevé d'imprimer en janvier 2021
Dépôt légal : janvier 2021

Pour

Le Lys Bleu Éditions
83, Avenue d'Italie
75013 Paris